節慶與預感

恩田陸 著
楊明綺 譯

CONTENTS

節慶與掃墓

「綿貫老師，好久不見。今天小馬來看您哦！就是小時候在路上被我搭訕，硬是拉來一起上課的小馬，您有嚇一跳嗎？他遵守我們的約定，回法國後馬上就開始學琴了。從巴黎國立高等音樂學院畢業後，小馬現在在美國茱莉亞音樂學院進修，納桑尼爾．西伯格是他的老師。他還奪得了今年芳江國際鋼琴大賽的首獎呢！果然如老師說的，小馬很厲害！」

一片蔚藍晴空，空氣清爽。

高個子的馬薩爾和亞夜一起蹲在黑色墓碑前方。

「老師，我是馬薩爾，好久不見，我來遲了。要是早點來看您就好了。我和小亞在芳江國際鋼琴大賽重逢。其實我能走到這裡，都是託老師和小亞的福，眞的很感謝。」

兩人合掌默禱。

廣闊的雜司谷靈園，一片靜寂。抬頭一望，突出的高樓大廈映入眼簾，即便對這強烈對比有著心理準備，每每看到還是很驚訝。

雖說冬陽和煦，但只要靜待不動，從地面竄起的寒意仍會沁染全身。

「好冷！」

兩人起身，冷不防直打哆嗦。

「哦～這就是日本的墓地啊！」

風間塵一臉好奇地在稍遠處東張西望、走來走去，顯得很興奮。

亞夜與馬薩爾面面相覷。

馬薩爾和亞夜是來掃鋼琴啓蒙恩師的墓，局外人的風間塵卻很感興趣，一定要跟來。

一向無拘無束的風間塵，即使身處墓園中，也顯得很「突兀」。

亞夜一直觀察他的一舉一動。

眞是奇妙的孩子啊！

「對吼。風間塵沒看過日式風格的墳墓。」

「嗯，第一次。」

馬薩爾揹好背包，問道：

「小亞，妳媽媽的墓碑在哪裡？」

「橫濱。」

「可惜這次沒時間去了。」

「畢竟要準備去巴黎了嘛。」

芳江國際鋼琴大賽給獲獎者的獎品之一就是巡迴音樂會。公布比賽結果的隔天，於芳江舉行第一場，昨天是在東京，最後一場在巴黎。緊湊的賽程甫結束，這樣的安排其實相當考驗心力與體力。

馬薩爾突然想起什麼似的看向風間塵：

「對了，我之前就想問。你母親呢？你不是說平常和父親住在巴黎嗎？難不成……他們離婚了？」

馬薩爾大剌剌地問。

雖然這也是亞夜一直想知道的事，但畢竟涉及個人隱私，實在不好意思開口。

風間塵頻頻望著立在墓碑後方的塔形木牌，又窺視墓碑後方，然後有點訝異地回頭說：「我媽媽嗎？」彷彿想起什麼似的仰望天空。

「我們有一陣子沒見面了。記得她在日本當社長還是什麼的吧。還是在新加坡？」

「社長？」

「等等，應該不是社長吧。只是很像，呃……記得是叫『cosmic soft』？」

「cosmic soft？」

馬薩爾和亞夜同時驚呼。這是一間由傳奇創辦人白手起家，堪稱目前最大的國際軟體公司。

馬薩爾掏出手機上網搜尋，「該不會是這個人？」將手機遞向風間塵，亞夜也好奇。

「啊、沒錯沒錯，就是她。」

風間塵泰然頷首。

網頁上寫著「cosmic soft CFO‧風間澄佳」，還有照片，是個面帶笑容的知性美女。

「哦～她就是塵的媽媽啊！是貴婦耶。」

「什麼是CFO？」

亞夜問，馬薩爾回道：

「應該是公司財務方面的最高主管。」

「風間塵長得很像媽媽呢！」

「是喔？看過我爸的人都說我長得像他，我姊應該比較像我媽吧。」

「咦？你有姊姊？」

亞夜和馬薩爾又同時驚呼，因爲他們都以爲風間塵是獨子。

「嗯。」

「姊姊和媽媽住在一起？」

對少年抱持強烈好奇心的兩人忍不住追問。他到底是在什麼樣的環境中長大？又是過著什麼樣與音樂為伍的生活？想問的事情堆疊如山高。

「不是，她去念芭蕾學校。是在摩納哥嗎？咦？還是米蘭？」

瞧風間塵這種連自己都搞不清楚的模樣，看來他似乎對家人的事不是很關心，這種大剌剌的態度還眞符合他的作風。

「原來你姊是芭蕾舞者啊！」

「大家各過各的生活，不會寂寞嗎？」

「嗯……從小就這樣，已經習慣了。」

三人一起走向墓園的出口。

這次換亞夜露出突然想起什麼似的表情：

「對了，風間塵在芳江和東京彈的《非洲幻想曲》，都有改編過，對吧？」

她瞅了一眼風間塵。

塵微微聳肩：

「被發現啦？」

「拜託！差那麼多，誰都會發現吧。還成了網路熱門話題呢！」

馬薩爾苦笑。

風間塵將聖桑的鋼琴協奏曲《非洲幻想曲》改編成鋼琴曲，於第三次預賽時演奏，後來他在芳江與東京的得獎者音樂會上也演奏這首曲子，而且和比賽時彈的版本不一樣。

「想說觀眾應該也聽膩了。」

「聽膩的不是觀眾，是你吧。」

「比賽時是照譜彈嗎？不是會先提交樂譜嗎？」

馬薩爾很感興趣地問。

「嗯，我交了。也照譜彈。」

風間塵用力點頭。

馬薩爾一臉詫異：

「是嗎？可是一點也不像照譜彈，我還以為是即興創作。」

「因為老師要求我『絕對要照譜彈，一個音都不能錯』，所以我才乖乖照辦的。」

「霍夫曼大師這麼要求？」

「嗯。」

亞夜與馬薩爾不由得互看。

果然霍夫曼是相當有策略地將風間塵送至芳江，而且要讓他拿獎。比賽規定如果沒有按照提交的樂譜彈奏，可能會喪失參賽資格，所以至少不能讓他因為如此無謂的理由被刷下來，才會這麼交代風間塵。

「好想見見霍夫曼大師。」

「畢竟他是小馬的師公。」

「我也好想再見到老師。」

風間塵脫口而出的喃喃自語讓兩人怔了一下。

亞夜瞅著塵的側臉。

他的恩師也去了另一個世界，而且離世不到一年，也不曉得愛徒參賽的結果。莫非他之所以跟著來掃墓，是因爲想念恩師？

亞夜的腦子裡突然浮現濱崎父女的臉。

濱崎老師和小奏，還有指導教授，一起來聆賞昨天在東京舉行的獲獎者音樂會。看三人開心的樣子，亞夜再次撫胸暗忖：「幸好有得獎。」眞的受到三人很多很多照顧；雖然該報的恩還遠遠不夠，但至少能回報一點點恩情，眞是太好了。

「我還是第一次去巴黎呢！」

亞夜換了個話題：

「那裡是你們兩個的主場，好好喔。」

馬薩爾在法國長大，風間塵則是住在巴黎。

只見馬薩爾搖頭：

「我也很久沒回法國了。對了，我念音樂學院時的指導老師們都會來聽喔。」

「巴黎也是演奏同樣的曲目吧？」

「主辦單位說只要沒超過演奏時間，可以變更曲目。」

「我已經彈了兩次鬼火和小奏鳴曲，還是換一下吧。」

這麼說的亞夜思索著。

「想換成哪兩首？」

「蕭邦的敘事曲和孟德爾頌的《莊嚴變奏曲》吧。」

「我也彈了兩次b小調鋼琴奏鳴曲了。想換成布拉姆斯的變奏曲。」

「那我來彈b小調鋼琴奏鳴曲。」

風間塵若無其事地說，兩人也附和：「哈哈！好耶！」「大家來交換曲子彈吧！」

主辦單位才不會讓我們這麼做呢。

亞夜在心裡喃喃自語。

不過，好想聽聽風間塵的b小調鋼琴奏鳴曲喔。無法想像會是什麼樣的演奏。

馬薩爾指著自己說：

「我來彈風間塵改編的《非洲幻想曲》吧。我喜歡這個改編版，好想彈這首曲子。對了，改編版的樂譜賣給我吧。」

「應該有著作權方面的問題吧？」

亞夜問。

「我也不清楚，來問問西伯格老師。」

「姊姊，我們來個四手聯彈吧。像之前那樣。」

風間塵天真地提議。

「咦?!你們四手聯彈？什麼時候的事？」

馬薩爾追問。

亞夜聳聳肩：

「芳江比賽那時，老師介紹我去他朋友的鋼琴教室練琴。我聽了小馬的《春與修羅》後深受衝擊，怎麼也忘不了那旋律。」

「是喔。可是爲什麼會變成你們兩個四手聯彈？」

馬薩爾很驚訝。

「風間塵好厲害，完美重現小馬的即興演奏呢！我們就這樣一邊回想你的演奏一起彈了。」

「是喔。好羨慕啊！我也想這樣。我和小亞說好要四手聯彈拉赫曼尼諾夫的約定也還沒兌現。」

「也是。」

亞夜感覺時光彷彿瞬間倒流。

——明明說好要一起練習到可以四手聯彈拉赫曼尼諾夫的曲子。

想起自己曾這麼大聲哭喊道。

那時的小馬就站在我面前，已經擁有可以四手聯彈拉赫曼尼諾夫曲子的實力。

再次覺得緣分是多麼不可思議。

小馬已經是需要抬頭仰望的青年了，側臉充滿著自信。

「說到聯彈，我聽說過一件事。」

馬薩爾看向風間塵。

「什麼事？」

「聽說有風間塵和霍夫曼大師四手聯彈的錄音帶，西伯格老師說他下次去霍夫曼家時要找出來。」

「哇！還有錄下來啊！」

這次換亞夜瞠目：

「四手聯彈嗎？」

「不，聽說是即興。」

「好讚喔！是無價珍寶呢！我也想聽。」

「有那種錄音帶嗎？」

當事人風間塵疑惑地歪著頭。

「不確定有沒有，要找找看。」

「西伯格老師真的很崇拜霍夫曼大師耶！」

「哦，是喔？」

馬薩爾不可思議地看著一臉懵懂的風間塵：

「對了，你還沒和我的老師說過話吧。你們明明師出同門。」

「對了。」

亞夜看向塵：

「你幾乎沒和評審說過什麼話呢！因爲你總是一比完賽就馬上走了。」

「因爲我和師傅有約啊！」

亞夜噗哧一笑：

「大家都以爲你的師傅也是音樂人，還熱烈討論他到底是誰！沒想到居然是花藝老師。我看啊，你就算說了，大家也不信吧。」

「風間塵，大學打算念什麼？記得你現在是音樂學院的旁聽生。」

「嗯……還沒決定，想學的東西很多。」

「也有不少音樂家念理工科。」

「你爸不是答應買琴給你嗎？要買哪個牌子？」

這位少年家裡沒有鋼琴一事，已然蔚爲話題。現在他得獎了，總算能擁有自己的鋼琴。

「不曉得。可能會買下霍夫曼老師的鋼琴吧。」

「是喔。西伯格老師要是知道了，一定很羨慕吧。」

馬薩爾苦笑：

「對了。西伯格老師說，想和你一起去霍夫曼大師的長眠之所。」

「太好了。我想去。」

風間塵微笑。

如此純眞的笑容，讓亞夜看得出神。

他眞的好天眞無邪喔。而且還是超級天才的閉門弟子，霍夫曼一定很疼愛他吧。

馬薩爾也一副「眞是敗給他」的樣子，搖頭說道：

「我也去吧。反正都要去巴黎了，從那邊去德國很快。」

「我也想去。」

「怎麼覺得我們的得獎者巡迴音樂會之旅，變成掃墓之旅啊？」

「也是耶。」

「掃墓是什麼意思？」

「就是拜訪往生者的長眠之所。」

「原來如此。要記的單字好多，好難喔。」

馬薩爾伸了伸懶腰：

「走吧！我們去惠比壽吃拉麵。」

「你真的要挑戰超辣？」

「當然。我一直很期待呢！」

「要是吃壞肚子就糟了。還是點一般辣度吧，畢竟我們還要飛去很遠的歐洲。」

「好吧。」

「風間塵，怎麼啦？」

亞夜回頭看著停下腳步，仰望天空的少年。

他目不轉睛地凝望蒼穹。

又高又遠的地方。

「嗯……啊、沒什麼。」

少年過了一會兒才回神說。

「怎麼了？」

「沒事。我聽錯了。」

「風間塵的耳朵是特別訂製的耶，你會聽錯什麼？」

「真的沒什麼。」

少年頻頻搖頭，趕緊追上亞夜與馬薩爾。

只見風間塵竊笑地悄悄看了身後一眼，便再也沒回頭。

獅子與芍藥

這是怎麼回事？

納桑尼爾．西伯格因爲衝擊太大，整個人呆住。

爲什麼？

腦子裡從剛才就不斷浮現這疑問。

突然察覺自己猛冒汗。

爲什麼這裡如此明亮？

納桑尼爾怯怯環顧四周。隨著各獎項一一宣布，掌聲不斷，看見年輕參賽者因爲興奮而漲紅的側臉。

對了，還沒結束。

緊張到忘記這裡是舞臺，正在進行頒獎典禮。

人家說，勝負有時靠運氣。

我明白這道理，也知道外在評論有多不可信，畢竟勝負難料，不到最後一刻，根本不曉得結果，這些早已心裡有數。

但是這一次，就這麼一次，即使以後都輸了也沒關係，只求這次能如評論所言。

希望能如大家預期，納桑尼爾．西伯格贏得首獎殊榮。

啊啊～結果卻是——

第一名從缺，第二名有兩位。

自從方才聽到結果後，他的時間便靜止了。

第一名從缺。

顯然意味著沒有人能拿第一，也沒有人的演奏值得奪冠。

當然，這比賽是出了名的高難度，所以極少有人脫穎而出；畢竟是歷史悠久的鋼琴比賽，所以參賽資格、標準都設定得高到有些不通人情。但能在這比賽拿個第一從缺的第二名，作爲音樂家的資歷已經十分足夠。

縱使如此——

第一名從缺。

這是多麼屈辱的事啊！這女的知道嗎？

納桑尼爾以彷彿看到外星人的眼神，看著站在身旁的少女。

年輕東方女子的側臉流露出泰然自若、近乎目中無人的神情。

長長黑髮往後紮成馬尾，端正秀麗的側臉配上長睫毛。

要是沒這傢伙就好了。

納桑尼爾的腦中頻頻浮現這念頭。

以東方人來說，她的個子頗高；但相較於大塊頭的納桑尼爾，仍足足矮了二十公分。

他從剛才就不斷打量身旁的少女。

站姿凜然。

有著比一般東方人深邃的五官，晶亮的黑色大眼瞳令人印象深刻。

比賽中，納桑尼爾拒絕接收無謂的情報。所以既沒聆賞其他參賽者的演奏，也盡量不聽任何謠言與評論；下了臺之後，總是獨自一人力求專注與心神平靜。

即便如此，謠言還是自然而然傳入耳裡。

有位年輕的日本女參賽者，展現生動、劇力萬鈞的完美演奏，宛如小阿格麗希*，就連評審也盛讚、興奮不已，也許她會成爲黑馬——比賽結果當然是從名次低的開始宣布。

共有六位得獎者，從第六名開始揭曉，一直宣布到第三名；果然如預期，剩下這位東方少女與納桑尼爾。

興奮與緊張的情緒即將迎向最高潮。司儀爲了凝聚全場目光，還刻意停頓幾秒才宣布結果。

第二名，MIEKO SAGA。

響起震耳欲聾的歡呼聲。

他知道少女怔住了。

那瞬間，納桑尼爾心想：「太棒了！」

感覺自己剎時露出開朗的神情。

沒錯，果然如評論所言。就在他非常享受自己贏得勝利的瞬間，傳來這樣的聲音。

以及，同樣是第二名的納桑尼爾．西伯格。

他懷疑自己聽錯。

一時之間，無法理解到底發生什麼事？自己聽見了什麼？

那瞬間的驚人歡呼聲究竟是驚訝、感嘆，還是憤怒？總之，納桑尼爾的時間在一片歡呼聲中靜止了。

究竟過了多久？

＊Martha Argerich，阿根廷鋼琴家，當代最偉大的鋼琴大師之一。

納桑尼爾回神，瞧見站在舞臺側翼的工作人員催促他們下臺。

手捧獎盃的他，踩著笨拙的步伐退場。

雖然站在昏暗舞臺側翼的工作人員紛紛鼓掌祝賀，納桑尼爾卻依舊板著臉，無法做出任何回應。

就在這時，走在前面的少女突然停下腳步，轉身面向他。

只見她睜著怒氣熾盛的大眼，抬起頭，瞪著納桑尼爾。

察覺她的憤怒表情，納桑尼爾嚇得停下腳步。

「XXXX！」

一時之間，沒聽清楚她說什麼。

應該說，聽不懂她那連珠炮似的話語。

少女漲紅著臉，突然用英語喃喃自語：「啊、是英國人嗎？」隨即用英語重述一遍。

「你是有什麼不滿嗎？一直用那張充滿恨意的臉瞪著我！還有，你那顆活像連獅子*的頭是怎麼回事啊？我說你啊，別用那種惡狠狠的表情瞪人，有什麼不滿就說啊！講清楚啊！」

她那罵人的口音，可是貨真價實的標準英語。

「啊、她剛剛說的是西班牙文嗎？」納桑尼爾這才察覺。

雖然不懂「連獅子」是什麼，不過好像是在揶揄我這頭茂密頭髮。

納桑尼爾反射性摸著頭。

畢竟天生髮量多，別人要嘲笑也沒辦法：「大家看到你一出生頭髮就這麼多，都好驚訝喔！」納桑尼爾不知已經聽父母提過多少回。

突然被人氣勢洶洶的批評，他只能頻頻眨眼，不知如何回應。

一向被認為不擅表達情感的日本人，而且是從給人乖順印象的年輕女子口中迸出如此激烈的言詞，著實讓納桑尼爾驚詫不已；令人意外的是，

---

*一種傳統的歌舞伎舞蹈。

她的聲音比想像中來得低沉、粗野。

少女滿臉通紅，身子不住顫抖，表情突然扭曲。

她看著手上捧著的獎盃。

「我也……很不甘心啊！」

偌大淚珠滴落在獎盃上：

「什麼第二名……這名次一點用也沒有，這可是最後一次機會。」

少女用低沉嗓音忿忿地說。

只見握著獎盃的她突然俯身「哇」的一聲大哭。

工作人員嚇得衝過來：

「三枝子！怎麼了？」

還斜睨呆站著的納桑尼爾：

「你對她說了什麼？」

眾人露出責備的眼神。

「呃、那個、我什麼也沒說啊！」

納桑尼爾驚慌得猛搖手：

「她就突然哭了……不要哭了。」

不知所措的他只能拚命勸慰嗚咽啜泣的少女：

「對不起，我的確一直瞪妳，是我不對，眞的很抱歉。但我絕對不是在責備妳，只是覺得自己……自己很沒出息。」

無奈少女還是哭個不停，而且越哭越大聲。

我才想哭。

就在納桑尼爾這麼想時，發現自己正在拚命壓抑想哭的衝動。

是啊。我也好想哭。

好不甘心、好沒出息、好丟臉。

他低垂著眼，咬牙隱忍，卻還是壓抑不住。

沒想到連納桑尼爾都哭了。在場的工作人員不禁啞然，面面相覷。

於是衆目睽睽下，年輕男女的哭聲有如二重奏般響遍舞臺側翼。

那是兩人在慕尼黑的初次相遇。

納桑尼爾十七歲，三枝子十八歲。

全家人跟著擔任外交官的父親旅居各地，在倫敦念小學，國中與高中分別在馬德里、布宜諾斯艾利斯就讀，還得不時往返日本的三枝子，因爲平常都是說西班牙語，所以當時不自覺地用西班牙文飆罵納桑尼爾。

納桑尼爾和三枝子相偕觀賞眞正的「連獅子」，是很久以後的事。

後來兩人結婚，一起回日本時，東京的歌舞伎座恰巧有表演。

初見「連獅子」的納桑尼爾，只能用瞠目結舌來形容。

雖然知道獅子就是「lion」，但那模樣完全顚覆他的想像。

那是獅子？那個紅色與白色的假髮是鬃毛？

是啊。和你的頭髮很像吧。

再怎麼樣，我的頭髮也沒那麼多吧。

才怪，你的頭髮一亂起來就是那種感覺！

舞臺上，長長的紅色與白色假髮不停甩動，向空中迴轉著。

我的頭髮像那樣？

相較於驚訝到說不出話的另一半，一旁的三枝子則是拚命忍住笑意。

「納桑尼爾先生，要不要先來點下酒菜呢？您的朋友好像沒那麼快來吧。」

納桑尼爾從回憶中驚醒。

這裡是東京銀座附近的一間壽司店。

位於僻靜小巷的這間店，靜謐到令人無法想像是在繁華鬧區。

站在吧檯內的半百男人微笑詢問納桑尼爾。

「不用，沒關係。再等一下。」

納桑尼爾搖頭。相識許久的壽司師傅回了句「好的」，便沒再多說什麼。

納桑尼爾再次沉浸於過往回憶。

是的，初見三枝子的印象令人難忘，卻也超悲慘。

世事難料，兩人不久前又在意外之地重逢。

想當初，雖說是國際鋼琴大賽，氣氛卻相當輕鬆。

賽程不像現在排得如此緊湊，每天的行程也很從容。

獲獎者音樂會的前一天沒有任何安排，也沒什麼重要採訪，可以暫時放鬆。再者，當時的媒體關注度不像現在這麼熱烈，觀衆也沒那麼多，所以參賽者、得獎者就算走在路上也不太會被認出來。

於是隔天，重整心緒的納桑尼爾前往某間音樂廳。

他知道這天有音樂會，但門票早已售完，所以無法進去聆賞，反正他的目的不是來聽音樂。

納桑尼爾在音樂廳前方的咖啡館消磨時間，等待演出結束。

或許是安可聲太熱烈吧。明明超過了預定的結束時間，卻還沒有觀眾離場。

納桑尼爾焦急等待的同時，發現自己竟然比出賽時還緊張。

終於有工作人員走出來，將厚重門扉朝左右兩側拉開，興奮不已的觀眾陸續步出音樂廳。

結束了。

納桑尼爾彈跳似地起身，趕緊走向音樂廳的休息室入口。

站在稍遠處的他，緊張的緊盯著門扉，深怕錯漏從裡頭走出來的人。

晚秋的慕尼黑，站久了就能感受到從石板路竄升的寒氣，此時此刻的納桑尼爾卻極度亢奮，心跳加劇，被一股演奏時從未有過的不安與焦躁感侵襲。

休息室的門開啓。

有個十分眼熟、高瘦的男人走了出來。

就是現在。

就在納桑尼爾這麼想，準備衝上前的瞬間。

有個身影比他更迅速地奔向那男人。

是個留著長長黑髮，身穿米色外套的年輕東方女子。

咦？

突如其來的情況迫使他停下腳步。

那不是昨天下臺後，朝我破口大罵又大哭的女生嗎？她爲什麼會在這裡？

高瘦男人驚怔，隨即又回復面無表情的樣子，俯視著比手劃腳、拚命訴說什麼的女孩。

這到底是怎麼回事？

納桑尼爾愣住了。不對，我不能杵在這裡！雖然不曉得那女的到底想幹嘛，但我得過去才行。

趕緊衝上前的他喊了一聲：「豪瑟先生！」

少女回頭，一臉詫異，高瘦男人也很驚訝的樣子。

「他怎麼會在這裡？」

少女露出不敢置信的表情，聽到納桑尼爾說出「請代爲傳達霍夫曼老師一聲」這句話後，更是目瞪口呆，抬頭看著面前的高瘦男人。

只見年齡不詳（因爲印象中的他看起來一直都很老，恐怕從年輕時就是一張老臉吧）的高瘦男人，以非常沉穩的表情交互看著兩人：

「唷，西伯格先生也來啦！好久不見。沒想到在這裡見到兩位。」

弗里德里希．豪瑟和尤金．馮．霍夫曼一樣，成爲了傳奇人物。身爲經紀人的他負責打理大師的工作事宜以及各種瑣事，所以要想和霍夫曼有所接觸的話，必須設法攻略豪瑟這堵高牆。這已儼然成了全世界音樂界所有人的課題。

只見豪瑟故意想起什麼似的，笑著說：「喔、對了。」

「我聽聞結果了。恭喜兩位並列『第二名』，果然如評論所言，很厲害啊！」

兩人頓時語塞。

因為聽得出來眼前的男人刻意強調「第二名」。

「因為第一名從缺，所以我拿到的是最高名次。」

少女抬起臉，果敢地說：

「老師答應過我，要是獲勝的話，就會收我為徒。我贏得最高名次，應該符合這條件吧？」

只見納桑尼爾雙眼圓瞠。

什麼？難道不只我，霍夫曼老師也對這女人說過同樣的話?!

納桑尼爾十分激動。

要是在慕尼黑拿到優勝的話，霍夫曼就會收我為徒。

以為和老師這麼約定的人，只有自己而已，還因此暗自竊喜，沒想到老師對別人也說過同樣的話。

激動不已的納桑尼爾，不服輸地拉高嗓門：

「我也是。老師答應過我，要是獲勝的話，就會收我為徒。我想和老師見面，還請傳達一聲。」

「不會吧？」

豪瑟故意伸手掏了掏耳朵：

「難不成我聽錯了？我聽到的是這次慕尼黑的鋼琴比賽部分，第一名從缺，有兩位並列第二，所以沒有優勝者，難道告訴我的人搞錯了嗎？」

兩人再次陷入窘境，啞然無語。

這時，有輛黑色車子滑行似的駛向他們。

豪瑟瞧了一眼手錶：

「老師還有其他行程，先告辭了。」

休息室的門開啓，出現身穿灰色大衣的身影。

「霍夫曼老師！」

少女與納桑尼爾同時大叫。

讓他們渴望拜入門下的這個人，尤金．馮．霍夫曼「哦」了一聲，微笑看著兩人。

光是笑容就讓他們瞬間呆若木雞。

身材結實，戴著玳瑁色圓框眼鏡，散發出無與倫比的大師氣場。

風靡世界各地的古典樂迷，現世傳奇人物，堪稱一代巨擘。

「我聽說了。恭喜！兩位都很優秀。」

「老師！」

豪瑟趕緊制止企圖衝上前的兩人。

只見霍夫曼一派從容地微笑、揮著手：

「哎呀，沒能贏得首獎眞是可惜，我也爲你們惋惜。不過你們將來一定大有可爲，因爲不管是林德曼，還是卡明斯基，都是一流的師資，一定會好好栽培你們，所以跟著他們學習是對的。今後也要不斷惕勵自己，期待你們的表現喔。」

霍夫曼留下這番話，迅速上車，豪瑟也跟著上車。

兩位年輕人望著疾馳遠去的車子。

呆怔許久的兩人總算回神，互看著彼此。

尷尬的沉默降臨。

少女臉上又逐漸浮現憤怒的表情。

一副「興師問罪」的模樣：

「眞的假的？霍夫曼老師也答應過你？」

她那質疑口氣讓納桑尼爾十分惱火。

「我才想問勒！霍夫曼老師眞的和妳說過如果贏得比賽那種約定嗎？我

以為他只跟我說。」

「你覺得我說謊？」

少女的臉色更難看。

納桑尼爾輕輕哼了一聲：

「老實說啦，我從來沒聽說過妳這號人物。我的成績畢竟是大家有目共睹的！」

少女這下子真的火大了：

「我也不差啊！老師是聽過我的演奏後，當面和我約好的！」

「什麼？」

納桑尼爾更加不安了。

因為霍夫曼並沒有直接給他任何承諾。

被譽為天才少年的他，十歲起就舉行過好幾次獨奏會，霍夫曼也來聽過數次，於是納桑尼爾便託人探詢以拜其為師。霍夫曼確實是答應了，但卻從未對他親口承諾。

這傢伙居然得到霍夫曼老師的親口承諾……

內心湧起強烈的焦慮與嫉妒，混雜一種遭到背叛的怒氣與悲傷。

要是沒這個人就好了。

納桑尼爾雖沒說出口，但少女似乎看穿他的邪念，因爲看眼神便知道她也在想同一件事。

彼此就這樣互瞪了一會兒。

卻也同時想到耗在這裡做這種事，無疑是浪費時間。

「哼！」

兩人就在火藥味十足的氣氛下，一左一右，頭也不回地揚長而去。

那天，兩人在音樂廳的休息室門口，因爲遭霍夫曼婉拒而心靈受創。

後來，行事風格一向果斷乾脆的三枝子，徹底死心回日本，決定就讀日本的音樂大學；但不到一年便受邀留學巴黎國立高等音樂學院，就這樣以巴黎爲主要據點，從事演奏活動。

反觀對於任何事情都不輕言放棄的納桑尼爾，後來宛如跟蹤狂似的纏著霍夫曼（以及弗里德里希·豪瑟），一年後，敵不過苦苦糾纏的霍夫曼（以及弗里德里希·豪瑟），答應納桑尼爾一個月來他家上課一次。納桑尼爾總算如願以償，成爲大師的門生；不過，附帶條件是不能對外宣稱兩人爲師徒關係。

當時的納桑尼爾相當神經質，總是爲了一點小事鑽牛角尖。他也很討厭這樣的自己，無奈個性就是如此，很難改變。

他很清楚周遭人雖然認同他的才華，卻也待他如腫瘤般小心翼翼；被別人這麼對待是很痛苦的事，所以無法清楚表達這種痛苦的他，變得更神經質，總是深陷這種惡性循環中。

忘了吧。別太在意了。

這時的他也是懷著抑鬱心情，迎接隔日的獲獎者音樂會。

還是專注於演奏吧。比賽已經結束了，今天是慶典。

儘管納桑尼爾這麼告訴自己，但當他在後臺休息室時，內心依舊不斷湧現著急、不耐、嫉妒、焦慮與後悔等各種情緒。

即便快輪到自己出場，心情還是難以平復。

可惡！

在舞臺側翼等待上場的他，抱頭坐在椅子上。

沒錯，都是因爲這種個性，才會導致那種半調子的名次，完全不是我想要的結果。

當腦中浮現這念頭時，內心又湧起懊悔與厭惡的情緒。

他無聲地深深嘆氣。

啊啊～現在不是鑽牛角尖的時候，等一下可是要上臺表演啊！

他詛咒一切，詛咒霍夫曼、詛咒比賽，還有最該詛咒的自己。

心情這麼混亂，要怎麼上場表演啊！

就在納桑尼爾如此絕望時。

有個鮮豔亮麗的身影經過他面前，納桑尼爾忽然抬頭。

一襲深藍色禮服的少女，身姿輕盈地從他面前走過，那身影烙印在他心中。

紮成馬尾的長長黑髮躍動著，在空中描繪軌跡。

嵯峨三枝子。

和他並列第二名的少女。

這兩天來，只見過她憤怒、哭泣的樣子。

然而，那瞬間從他面前走過的少女明顯不一樣。

驚鴻一瞥的那張側臉漾著笑意。

那表情讓納桑尼爾心頭一驚。

因爲那張側臉滿是神聖、不容侵犯的期待與歡愉。

這是即將演奏音樂的喜悅，傳遞自己的音樂的歡愉。

納桑尼爾不由得挺直背脊。

瞧見那張側臉的瞬間，陰沉的心情頓時被拋到九霄雲外。

傳來熱烈掌聲。

一片靜寂。

接著，開始演奏。

即使隔著門扉，樂音還是毫無障礙地竄進納桑尼爾的耳裡。

蕭邦的第三號鋼琴奏鳴曲。

想想，還是第一次聽到少女的演奏。

想起關於她的傳言。

生動、劇力萬鈞的完美演奏——
真的。
納桑尼爾深受衝擊。
如此……如此震撼心靈的樂音。
他發現自己微微顫抖。
沁染全身，柔韌又嬌嫩的樂音。
撼動內心深處最柔軟的部分，一股難以言喻的懷念感，彷彿聽見笑聲似的俏皮樂音。
兼具少女的清純，以及成熟女人的性感。
納桑尼爾不由得輕閉雙眼，聽得入神。
不知不覺間，洗滌了沉澱在心中的陰鬱色彩，彷彿一陣清爽薰風吹過。
被她的音樂、盡情享受音樂的歡愉深深吸引，沉醉其中，無比滿足。
轉眼間，少女的演奏結束，震耳欲聾的掌聲傳至舞臺側翼。

納桑尼爾忍不住起身。

門一開，回到舞臺側翼的少女站在逆光中。

她在不絕於耳的安可聲中，頻頻出場致謝。

工作人員也感染到觀眾的熱情，大力稱讚少女。

只見她露出無比開朗的笑容，和來時一樣從納桑尼爾面前走過。

一陣颯爽的風。

「輪到你上場了。」

工作人員這麼提醒時，納桑尼爾發現內心充滿了猶如風平浪靜的大海般沉穩的氣力。

沒錯，有什麼好恐懼的呢？

納桑尼爾站在舞臺側翼。

自己是爲了音樂站在這裡，是爲了傳遞自己的音樂而在這裡。

只不過是偶然來到慕尼黑，管他是第一名、第二名、能否成爲大師的門生，這些都是雞毛蒜皮之事；我的目的只有一個，那就是音樂，還有比這更重要的事嗎？

門扉開啓。

沐浴在掌聲、明亮燈光中的納桑尼爾，踩著自信滿滿的步伐出場。

「你幹嘛躲在這裡啊？」

納桑尼爾被這一聲嚇得回神。

四周喧囂不已。

獲獎者音樂會結束後的盛大宴會令人喘不過氣。

得獎者三五成群聚在一起，不時傳來遊走其間的業界相關人士刻意擠出的爽朗笑聲。

納桑尼爾對於這種稱為「宴會」的場合深感棘手。

起初還能耐著性子，逐一和業界人士、贊助商、評審們交談，但他本來就不是長袖善舞的親切之人。

所以別人應該也察覺到他的個性吧，往往只和他意思意思交談幾句便走開了。

那個東方少女倒是成了宴會的焦點之一。

她就像一朵盛開的花，一現身便吸引眾人目光。

盤起頭髮，身穿正式和服的她，光彩耀眼。

奶油色布料綴著淡綠與紫色刺繡的和服上繪著多重花瓣的白花，散發難以言喻的高雅感；銀色腰帶於身後繫成複雜的立體形狀，實在想不透到底是怎麼摺出來的。

唯獨她身邊聚集越來越多人。納桑尼爾怯怯地躲到會場一隅避難。

儘管如此，他的心情並不差。

因爲在得獎者音樂會上的演奏很順利，讓納桑尼爾更有自信。

那是他迄今從未感受過，一段彷彿敞開心房的演奏，從中得到無比的自信與滿足。

光是能夠親臨這樣的境界，就是參與這場比賽的價值。

正當納桑尼爾心情愉悅地一再反芻表演時的感動，突然有人向他搭話。

「咦？」

納桑尼爾愣了一下才回頭，原來是那位大眼睛的東方少女，他頓時驚慌失措：

「妳爲什麼在這裡？」

「啊~肚子好餓。完全沒空吃東西。」

少女出示放在盤子上的食物。

原來如此，她是過來吃東西的。

少女塞了一口煙燻鮭魚，慢慢嚼著：

「你有吃嗎？」

「被妳一說，想起我也還沒吃呢！」

「要不要幫你拿一點？」

少女動身打算去拿盤子，納桑尼爾趕緊阻止：

「不用啦。我沒那麼餓。」

「是喔？」

只見少女將盤子上的食物一一塞進胃裡。

納桑尼爾除了詫異她那旺盛的食欲之外，也才初次發現自己面前站了個美少女。

光澤滑順的黑髮，秀麗的眉形，長長的睫毛，塗上紅色口紅的豐唇。

「呃……這是玫瑰？」

納桑尼爾爲了掩飾自己偷窺入迷的醜態，故意輕咳一聲，看著少女那身和服上面的花。

「不是，是芍藥。」

「日本的花？」

「東方比較常見吧。在日本是用來形容美麗的女子囉。『立如芍藥，坐如牡丹，行走如百合』。」

「美麗的女子。自己誇自己，還眞是有自信。」

聽到納桑尼爾的嘲諷，少女聳聳肩：

「反正就是戰鬥服。」

以冷淡口吻說出來的詞彙，讓納桑尼爾聽得一頭霧水：

「嗯？」

少女將空盤放在一旁的桌上，拿起紙巾輕輕擦嘴：

「我爸總是對我說，爲了生活在這個以西方價値觀爲基準的世界，必須要有社交與外交。對外交官來說，宴會就是戰場。所以啦，如果想在古典樂界這個由西方價值觀主宰的圈子生存，就要好好武裝出席宴會，讓別人記住你的臉和名字，推銷自己。」

「是喔。」

納桑尼爾乾脆地回道。

這番話剎時顛覆她原本給人驕傲又任性的印象。

來自價值觀與文化截然不同、遙遠東方之國的她，原來是個獨自在異鄉奮戰的十八歲謀略家。

「你也一樣，不是嗎？」

她用犀利眼神瞅了納桑尼爾一眼。

「我？」

嚇一跳的納桑尼爾還來不及反應，少女已經站在他身旁：

「我知道你的事！十歲就展露天分的你被譽爲神童、天才，連遠在布宜諾斯艾利斯的我都聽說過你。」

少女看著盛裝出席派對的賓客們。

「我一直好期待能來這裡比賽。我聽了你的每一場演奏，眞的很精采，覺得自己也要努力才行，絕不能輸給你。對了，今天的拉威爾很棒。」

「妳的蕭邦也很精采。」

納桑尼爾這番坦率之言，讓少女吃驚地看著他。

看來她沒想到能得到對方的讚美。

「好開心，謝謝。」

少女微笑著，害羞地看向前方。

不知所措的納桑尼爾只覺得臉頰發燙。

從正面看過去的笑容太美了。

少女又回復嚴肅表情：

「不行啦！就算被譽爲天才少年，也不能躲在這裡。這世界啊，一不留神可是會被不斷出現的天才迎頭趕上的！你如果想在這圈子存活下去，就不能只當壁草。」

納桑尼爾看著少女。

在這圈子存活下去。

納桑尼爾感覺自己突然領悟到什麼。

「嗯。」

他無意識地頻頻頷首：

「嗯，也是啦。」

少女微笑，指著人群：

「聽說巴伐利亞和里昂的交響樂團音樂總監也有來哦！因爲慕尼黑演奏會，所以他們順道過來。我知道這麼做很有勇無謀，但要不要一起過去毛遂自薦，問問有沒有機會在他們的定期音樂會露臉呢？拿到最高名次的我們聯手，輪番上場。」

「什麼？和妳聯手？」

納桑尼爾蹙眉。

少女冷哼一聲：

「沒辦法啊！因爲『沒有優勝者』，只好成套銷售。」

納桑尼爾竊笑。因爲她模仿了弗里德里希·豪瑟的聲音說「沒有優勝者」。

「好！試試看吧。」

少女擺出勝利姿勢：

「太棒了。要是我一個人一定不敢。」

「什麼嘛！原來妳從一開始就在盤算這件事，所以才找上我？」

「有什麼關係，反正你也沒損失啊！」

走在人群中的兩人，勇敢挺向會場最熱鬧的一區。

兩人就這樣開始有了交集。

雖然沒有成功將自己推銷出去，彼此倒是交換了聯絡方式。

那時，納桑尼爾就愛上她了。愛上說和服是「戰鬥服」的她，愛上誓言要「在這圈子存活下去」的她。

一年後，兩人在巴黎重逢。他為了見她，往返倫敦與巴黎，不想分隔兩地的納桑尼爾向她求婚、結婚，終至分手──

「真是的！怎麼不先吃呢？不是說過好幾次我會晚到，叫你先吃！」

傳來和記憶中一模一樣，有點低沉、魄力十足的嗓音，迫使納桑尼爾從回憶中驚醒。

抬頭看見了一臉無奈，斜睨自己的嵯峨三枝子。

從那之後，轉眼過了三十多年。

彼此都上了年紀，也有了自己的家庭、孩子。

雖然歲月在那張臉上留下痕跡，但她的眼神與活力依舊沒變。

納桑尼爾趕緊重整坐姿：

「啊、三枝子，來啦！」

「廢話！你應該很餓吧。爲什麼不吃！我說師傅啊，他這個人放著不管的話，永遠都不會主動點來吃啦！所以端東西給他吃就對了。」

「不好意思，是我招待不周。」

面對三枝子的指責，站在吧檯內的師傅搔搔頭。

「是我叫師傅再等一下。」

納桑尼爾搖搖手，從吧檯下方取出一把小花束：

「送妳。」

三枝子一時愣住：

「呃、今天是什麼日子？應該不是誰生日吧？」

接過花束的三枝子落坐納桑尼爾身旁。

「紀念我們初次見面的日子。」

「初次見面的日子？」

三枝子露出若有所思的眼神：

「是指什麼時候？」

「慕尼黑的獲獎者音樂會那天。」

「哦～是嗎？是今天嗎？我覺得我們第一次見面應該是在頒獎典禮。」

三枝子疑惑地偏著頭。

「都行啦！」

納桑尼爾微笑。

因爲我覺得那一天才是和三枝子「眞正見面」的日子。

「是喔。好吧，謝囉。」

三枝子湊近花束，嗅著花香。

「哇！好香喔。」

她微笑地將花束輕輕放在吧檯上。

「如何？開始洽商春季音樂會了吧。」

「嗯。不過啊，和先前聽到的完全不一樣。」

伴著面前的香檳酒杯，彷彿要將這幾年毫無交集的空白填滿般，兩個人不停說著。

袈裟與鞦韆

「人生苦短，戀愛吧！少女。」

菱沼忠明發現自己無意識地哼唱，不禁苦笑。

我這是在模仿志村喬*嗎？

菱沼悄悄環顧四周。

傍晚時分的小公園。

身子不由得顫抖。

四月過了一半，東京的櫻花早已散落；雖說是春天，一到傍晚卻意外的冷颼颼。

菱沼不由得拉緊大衣領口。

夕陽西下，六十七歲的老頭子坐在公園鞦韆上，這情景不免讓人聯想起黑澤明的電影《生之慾》。

＊一九〇五－一九八二，日本老牌演員，也是黑澤明的電影《生之慾》的男主角。

志村喬飾演那個命在旦夕的小人物時才四十幾歲；或許是扮老演出的關係，總覺得以前的演員成熟多了，有種渾然天成的老氣橫秋感。

過了耳順之年，明明老態龍鍾，卻總覺得心裡還住著一個小男孩，在公園邊鞦韆的菱沼，就像是犯中二病的中年大叔。

他彷彿現在才想起來似的，從大衣口袋掏出香菸。

這年頭四處都禁菸，但傍晚的公園沒半個人影；不行了，實在耐不住菸癮……唉，這幾天居然連菸都忘了抽。

菱沼剛參加完喪禮。

昨天下午前往盛岡市區某間寺院弔唁，為出席早上的告別式，投宿旅館一晚，剛剛才回到東京。

那裡還很冷，櫻花還沒開，出席喪禮的眾親好友都穿著厚重的大衣。

什麼嘛，還那麼年輕的傢伙居然比我先走一步。人家說生死無情，難道就是這樣嗎？

菱沼忿忿地吐著煙。

突然，煙霧飄進眼睛，他不停眨眼。

「老師，我怎麼寫都寫不好。我清楚知道是什麼樣的樂音，但寫出來的音符就是和腦中鳴響的完全不一樣，是我的絕對音感不夠精準嗎？」

他是個不擅言辭，說起話來比較耿直的男生。

名叫小山內健次。

雖然上過一年菱沼的作曲課，但後來師事另一位教授，所以稱不上是他的弟子。

小山內在才華洋溢的學生當中，顯得有些與衆不同。

要是沒下過功夫、做好充足準備，很難考上知名音樂大學的作曲系，所以大部分人都是很早便跟著某位老師學習作曲、研究歷屆考古題、擬定應試對策；因爲考題包括以兩天時間創作一首交響曲，所以要是沒有一定基礎，根本無法應考。

因此，想要就讀音大的學生，從高中、有些人甚至從國中就拜師學習，所以大多都和教授熟識。

怎麼說呢？他在衆多「都會感」的學生中，顯得很突兀。

相較於有如精巧成品的學生，小山內有著不拘小節的「開闊」氣質。

光是看他走路就覺得連四周都開闊起來，有著強烈的存在感。

「老家是在做什麼的？」

某天，菱沼這麼問小山內。他的老家在岩手縣栽種啤酒花，菱沼這才了然於心。

「收割時很辛苦，因爲那東西會長這麼高。」

他伸出大手比了一下。

還給菱沼看農地的照片。

高約十公尺的牆上，結著淡綠色啤酒花果實。

「這要怎麼收割？」

「雖然最近也會用機器收割，但基本上還是架梯子，採人工收割。」

「好辛苦啊！要是我的話，光抬頭往上看就會頭暈摔下去吧。」

菱沼這番話讓他愉快地大笑。

小山內雖然不拘小節，卻有點神經質。不善交際的他，無法像其他學生那樣不時能接到幫廣播節目、電玩遊戲寫配樂，賺點零用錢的工作；總之，他是屬於作品量不多的人。

寫出來的音符和腦中鳴響的樂音不一樣。

常這麼說的他，爲此煩惱不已。

這不是因爲缺乏絕對音感的關係，純粹是技巧方面的問題，也是樂譜這東西的宿命。

菱沼每次爲他釋疑時，總是如此諄諄教導。

樂譜就是翻譯「音樂」這種語言，只能取想像的最大公約數。演奏者從這個最大公約數推敲作曲家創作時的想像；這道理就像是翻譯出來的文章，絕對不會和原文的意思完全相同，所以樂譜有別於作曲家的想像也是理所當然。

然而，藉由記譜的技術能夠演奏出貼近腦中的想像，因此是需要學習的一門功夫。

菱沼想起一臉不安地聆聽他說明的小山內健次。

也就是說，我這方面很弱吧。

這麼說的他，搔著總是剃得很短的頭髮。

不過，菱沼喜歡他的曲子。小山內寫的樂譜很美，有著讓人忍不住想多看兩眼的耀眼光芒。

而且他寫的每首曲子都很有「自己的風格」，這對作曲家來說，絕對是最重要的事。

「我要回岩手。」

當菱沼問他畢業後的出路時，小山內這麼回答：

「我打算一邊幫忙家裡的農事，一邊作曲。」

是喔。栽種美味的啤酒花，用它做出的精釀啤酒，記得要讓我嚐嚐哦！小山內聽到菱沼這番話，微笑地說「好」。

乾脆寫個「小山內啤酒花組曲」，作爲精釀啤酒的主題曲，如何？

「哦～這主意不錯耶。我來想想。」

他用力點頭。

菱沼每年都會收到字跡工整的賀年卡。賀卡上寫著小山內這一年來創作的曲子名稱。

有的寫著好幾首曲名，也有好幾年都寫著同樣的曲名；從賀年卡上的問候字句，不難想像他在老家的農地一邊工作，一邊作曲，其實遠比想像中來得辛苦。

畢業後過了八年吧。那一年的賀年卡上沒寫曲名，而是寫著他與青梅竹馬結婚的消息。

雖然是可喜可賀的事，但菱沼擔心這麼一來他就有養家餬口的壓力，也就越來越沒時間作曲。

不過畢竟是他的人生，菱沼明白這種事輪不到他來說三道四，但內心有抹落寞亦是不爭的事實。

沒想到兩年後，竟然在某個能讓新銳作曲家躍登龍門的比賽得獎名單上看到他的名字，這是多麼令人驚喜的事。

小山內健次依舊持續創作。

一邊勤懇做著耗費體力的農事，一邊寫曲子。

開心不已的菱沼看著報紙上的得獎名單，喃喃自語：「太好了。真是太好了。」

翌年的賀年卡上誇耀似的寫著「我終於辦到了」，以及獲獎的曲名；

而且寄信人旁邊還多了他那剛出生的兒子。

原來如此，他是爲了孩子而發憤圖強啊！菱沼頷首。

對了，他不是要讓我嚐嚐精釀啤酒嗎？比起生兒育女，應該先履行跟我的約定吧！

菱沼對著賀年卡發牢騷。

之後連續幾年，賀年卡上都寫著好幾首曲子的名稱。

哦，不錯嘛！他也能寫出這麼多首了。

菱沼深感佩服。

他覺得自己也是屬於作品偏少的人，但是當某個時機點來臨，體內彷彿出現什麼「回路」時，靈感就會源源不絕。

小山內應該也是屬於這類型吧。菱沼得知他以作曲家的身分，持續不輟地創作，這才安心。

沒想到四年後，菱沼從業界朋友口中聽到不太好的謠言。

自從小山內健次獲獎後，委託他作曲的案子如雪片般飛來，開心自己的作曲實力總算得到認可的同時，也來者不拒地接了相當多案子，結果搞得分身乏術，無法準時交件，只好臨時退了不少案子。

委託的首演時間都是定好的，演奏者也要有足夠的時間排練，所以準時交件對作曲家來說，是絕對必須遵守的鐵則。

因此，無法準時交件對專業作曲家來說，無疑是一大致命傷。

聽到傳言的菱沼擔心不已。

果然，來找小山內的案子如退潮般驟減。

縱然如此，菱沼依舊收到他寄來的賀年卡。

不過賀年卡上沒寫曲名，而是放上逐漸長大的孩子照片，添綴的字句也變成不痛不癢的問候。

菱沼今年也收到了賀年卡。

「我譜寫了啤酒花組曲。」

就這麼一行字。

他沒有放棄，還是持續創作。

菱沼總算稍微寬心。

也是啦！他本來就是那種孜孜不倦的人，只要配合自己的步調，堅持下去就對了。就算無法量產也沒關係，只要持續創作就行了。

沒想到上個禮拜。

菱沼接到小山內妻子打來的電話，話筒彼端有股難以言喻的寒氣。

這通電話告知了正值壯年的小山內健次驟逝的消息，得年四十四歲。

聽聞消息的菱沼深受衝擊。

無法理解自己的心情爲何如此紊亂。

「等等！你是怎麼啦？在幹嘛呀？」

聽到妻子驚呼才回神的菱沼，發現自己將刮鬍刀一下子塞進行李，一下子又拿出來，像失了魂似的往返洗手間與房間。

「我得去趟岩手才行，那傢伙寫了啤酒花組曲，還答應送我啤酒。」

菱沼怔怔地自言自語。一旁的妻子則是鐵青著臉，不解個性古怪的丈夫究竟哪根筋不對。

「開什麼玩笑啊！他才四十四歲，孩子還很小耶！」

菱沼忍不住宣洩了情緒，妻子才想通方才的電話是告知學生的死訊。

只見她拍了一下丈夫的肩頭，瞅著他說道：

「你給我振作點！要是自己都慌成這樣，如何安慰他的家人呢？」

妻子的這記當頭棒喝，頓時讓他的心情平靜下來。

「對啊……妳說的沒錯。」

菱沼眨了眨眼，開始收拾行李。

裡。

菱沼是在搭乘東北新幹線經過郡山一帶時，發現這本書被塞進了包包

《宮澤賢治詩集》。

我也眞是的……

菱沼苦笑。因爲想到岩手、小山內健次嗎？

不，不是的，是因爲小山內曾提及宮澤賢治——「我們的名字唸起來一樣*，只是字不同，所以對他有著同鄉情懷。」

這番話是什麼時候說的呢？

已經記不太清楚了。

不過，記得是在戶外某處就是了。

四周一片綠意，風吹拂著。

*日文中「賢治」與「健次」的發音皆爲「KENJI」。

好像是露天音樂會還是什麼活動，兩人偶然遇見，小山內喊了一聲「老師」，坐在菱沼身旁。

「好像樂譜。」

沒錯，記得那傢伙這麼說。

「樂譜？」

「是的。《春與修羅》每一句行首的排列，就像起伏的波浪，乍看像是一連串的音符，所以我第一次看到這首詩時，覺得好像旋律。」

「是喔。我還真沒想到，你看的是初版吧？」

「嗯。也有忠於初版的新版本。」

菱沼取出塞進包包的書，翻到《春與修羅》。

這版本的《春與修羅》每一句行首齊頭。

憤怒的苦澀與藍，
吐唾沫、咬牙切齒，
遊走在四月大氣層的亮光下，
我是獨自一人的修羅。

「不過啊，我還眞是抓不到任何頭緒。」
小山內一臉困惑地偏著頭，這麼說：
「明明就在那裡啊！」
風吹拂著。
小山內突然望向遠方：
「現在也聽得到樂音在那裡鳴響著，但要寫成五線譜時，就不見了。

就算試著寫下來，卻變成完全不一樣的東西。老師說過這是技巧方面的問題，對吧？確實是這樣沒錯，因爲我逐漸明白要將腦中鳴響的東西寫成譜，是一件需要不斷磨合的事。」

「這不簡單啊！」

菱沼咯咯笑：

「我也還處在『磨合』階段，所以很羨慕那種一開始就能在腦中架構完美樂譜，然後一音不差寫下來的人。」

小山內詫異地看著菱沼。

「可是啊，不覺得這樣子很無趣嗎？以前的作曲家爲了讓腦中的樂音鳴響，不知花費多少心思，吃了多少苦，才發明各種樂器用來發出更多的樂音，然後爲了追求各種音色而不斷鑽研改良。我想，沒有哪個作曲家能夠完美呈現腦中鳴響的樂音吧。音樂這玩意啊，本來就不是用樂器彈奏平均律就能概括一切的東西。」

這麼說的菱沼，看向坐在一旁聽得入神的青年，又說：

「所以啦，雖然磨合很重要，但不必非得完美記下每個樂音，只要盡量貼近就行了。總之，記譜可以妥協，面對音樂可不能讓步哦！」

菱沼低頭嘆氣。

深感羞愧。

那時的我還眞是大言不慚啊！自己有那種膽識嗎？

他看向窗外。

陰沉沉、沒有色彩的風景，東北的春天還很遠。

他愣愣地看著手上的詩集。

眞實的話語已然消失，

碎裂的雲飄散空中，

啊～在光輝的四月底下
咬牙切齒，燃燒狂奔。
我是獨自一人的修羅。

映入眼簾的這幾句觸動菱沼的心。

彷彿小山內和他的心情被看穿似的，化成文字印在紙上。

且現在正值四月。

在四月底下，一切被運往東北。

你在創作自己的東西，是吧？小山內。無論我還是你都一樣，任誰在音樂面前都是平等的，任誰都是獨自走在荒野上的修羅。

每當列車被吸入隧道的瞬間，菱沼總是想像有人用管風琴彈奏著和聲。

然而今天卻聽不到那和聲，只瞧見映在昏暗車窗上，那張悔恨的臉瞅著自己。

「請問是菱沼老師嗎？」

隔天告別式結束後，有人喚住菱沼。

前一天抵達盛岡時，天色已暗，還下著雨，寒氣逼人。

喪禮的接待處聚集不少音樂、農產業界相關人士，場面有些混亂，也無法好好問候遺屬。

菱沼遇到小山內健次的指導教授，和今天也要回東京的其他業界人士，一起在盛岡車站附近小酌後投宿商務旅館。

隔天放晴了。

這裡的天空好遼闊啊！步出旅館的菱沼心想。

靜謐、冷冽的蔚藍晴空。

（悲傷既藍且深）

菱沼忽然想起昨天在新幹線上讀到《春與修羅》的其中一句。

因爲昨晚夜色昏暗，看不太清楚，原來臨濟宗的寺院頗爲氣派。

這寺院挺壯觀嘛！

其實，菱沼的老家在上野郊外一間淨土宗寺院，他在五兄弟中排行老么。

初次意識到音樂，是記憶中祖父在院堂上朗朗高唱御詠歌*。

對菱沼來說，寺院是最熟悉的日常生活場所，也是「歌唱」的場所。

年幼的他不但記得每一首聽過的御詠歌，甚至有樣學樣地記譜；驚訝萬分的雙親遂送他去某私立音樂大學主辦的兒童音樂教室上課，開啓了他的音樂人生。

聽聞宮澤賢治十八歲那年讀了《法華經》，十分感動，成爲他一輩子最愛的經典。衆所周知，宮澤賢治是愛好音樂之人，或許經文也是他的音樂啓蒙之一。

雖然遲了些，但這樣說起來，菱沼對宮澤賢治也有所共鳴。

在告別式上看到小山內的遺照，總覺得照片上的他看起來很靦腆，像是在說：「啊、老師，好久不見。勞煩您特地來一趟盛岡，眞是不好意思。」

眞是的！別讓老人家大老遠跑這麼一趟嘛！怎麼想都應該是你先來東京參加我的喪禮啊。

菱沼一邊在心裡嘀咕，一邊捻香。

昨晚，菱沼因爲腦子一片混亂，始終無法靜下心；就在他以爲喪禮氣氛應該十分哀戚，卻出奇平靜而感到驚訝時，有人喚住他。

---

*御詠歌是將佛教的教義以「五・七・五・七・七」的和歌方式，傳頌給一般人聽，各宗派均有其流派。

「我是健次的哥哥。」

「我是他姊姊。」

「我是他的妻子，這是我兒子。」

一起向菱沼行禮致意的三位大人和小孩，長得都好像。

可以說是同一款的家族臉吧。

體型也是，每個人都是結實的中等身材。

還是小學生的兒子長得像母親；老實說，長得和菱沼記憶中的小山內健次不太像。

不過，他們散發出來的落落大方感，生活在寬敞、空氣清新之地的開闊感，這一點倒是和小山內健次很像。

「健次常提到老師，他說您在等他的曲子。」

「是啊！」

「他最近總算開始作曲了呢！」

看他們一臉沉穩的交談，似乎已經能平靜接受健次不在人世的事實。

「真的很遺憾，還請節哀。」

三人聽到菱沼這麼說，異口同聲回道：「謝謝您特地來參加喪禮。」

「我想，健次總算解脫了吧。」

「嗯。對健次來說已經算是做得很好了，對吧？奈美。」

兄姊的一派輕鬆口吻讓菱沼聽得提心吊膽，沒想到小山內的妻子卻苦笑地說：

「唉、就是呀！他啊，不是靈巧的人，所以一直很痛苦，不管是栽種啤酒花還是作曲，總是煩惱不完。看他這樣，我也很痛苦。」

只見她緊緊摟著兒子的肩膀。

小山內的兒子似乎還無法意會父親已經永遠離開的事實，一臉驚訝地抬頭看著母親，又看向菱沼。

「健次有點像外星人，他自己和周遭的人也這麼覺得，所以大家都說他總算回家了。」

「他是怎麼過世的？」

菱沼這麼問，三人頓時沉默。

「蜘蛛膜下腔出血。」

小山內的哥哥回道：

「他本來就有失眠的毛病，這幾年變得更嚴重。因爲好一段時間都沒辦法作曲，所以很痛苦的樣子。」

哥哥不停眨眼：

「結果整晚沒睡的他，一早去農地，就這樣倒下去了。」

三人自然而然地往後看。

農地應該就在那一帶吧。

「不過，眞的很不可思議！」

小山內的妻子說：

「他過世的前一天，突然對我說：『喂、我聽到了。』好久沒看到他露出那種表情，眼睛閃閃發亮，直嚷著：『我聽到我的曲子了。』聽到我說：『哎呀！太好了。』他還開心地笑了。」

小山內的妻子忍不住哽咽：

「這個給您。」

只見她趕緊別過臉，從提在手上的托特包取出一封信。

「請您收下這封信，我覺得這麼做是最好的。」

菱沼怔怔地接過信。

我聽到我的曲子了。

菱沼彷彿聽到健次這麼說。

「我想去看看農地。」

「咦？」

三個大人齊聲看著菱沼。

「我想看看小山內眼中的啤酒花田。」

當然，這時期的啤酒花尚未結出果實。

觸目所及盡是田地、田地、田地。

一望無際的土地。

田埂上等距離地豎著無數根細長棒子。

菱沼愣住了：

「什麼都沒有嘛！這哪是啤酒花田？」

三人噗哧一笑：

「要再過一陣子。在棒子與棒子之間架網，讓啤酒花攀在上頭，往上長。」

「是喔。就像絲瓜一樣。」

「確實長得很像。不過啤酒花是麻科植物，像藤蔓一樣很會攀爬，所以會纏著棒子越長越多。」

「原來這就是他看到的風景啊！」

彼端颳來陣陣強風。

插在田埂上的細長棒子隨風搖曳。

縱然寒風刺骨，卻嗅到不知從哪兒捎來的春日氣息。

菱沼用力吸取這氣息。

腦中突然又浮現一小段《春與修羅》。

（這裡沒有眞實的話語，修羅的淚水淌落於地）

原來如此，你在這裡啊！在這裡的某處，聽著你的樂音。

菱沼這麼想。

菱沼回到東京。

不想直接回家的他，來到住家附近的小公園。

香菸的味道眞不錯。

菱沼從包包取出那封信。

裡頭塞著一張五線譜。

好眼熟的筆跡。

《啤酒花組曲Ⅰ土》。

上頭寫著曲名，以及只有九小節的曲子。

這是小山內親筆寫下的旋律。

菱沼凝視這張五線譜好一會兒後，才塞回信封，緩緩從鞦韆上起身。

夜幕低垂，四周一片昏暗。

菱沼回到家，妻子慰問一番後說道：

「有一通從芳江市打來找你的電話哦！」

「芳江？什麼事？」

「對方說會再打來。」

這通電話正是打來委託菱沼創作第六屆芳江國際鋼琴大賽的指定曲。

菱沼一邊聽著承辦人在電話中的說明，腦中已然浮現曲名。

《春與修羅》。

眼前也浮現自己開始寫譜的模樣。

是的，這就是譜寫這首曲子的動機——

——謹以此曲獻給兩位「KENJI」。

豎琴與蘆笛

馬薩爾．卡洛斯．利維．安納托爾走進房間，瞧見裡頭有三位評審，最先注意到的是坐在左邊，臭著一張臉，髮量驚人的男子。

當他彈奏完第二首曲子時，才發現這名男子就是納桑尼爾．西伯格。

爲什麼呢？因爲納桑尼爾本人比電視、照片看起來年輕多了，完全顛覆一代巨擘給人的印象。在當時年紀還小的馬薩爾看來，可以說是無邪的青年。

照理說，馬薩爾應該先注意到坐在正中央，一副大師風範，雙眼直盯著他的評審，因爲他是鋼琴科的重量級教授安德烈．米哈爾科夫斯基；貌似左右有侍從般，坐在中間的他散發出不可一世的氣場。

話說回來，那時馬薩爾對於另外一位評審沒什麼印象，依稀記得好像是位文質彬彬的男性，搞不好是女性也說不定；因爲坐在鋼琴前彈奏時，對方的位子剛好是在他看不見的死角。

總之，他清楚記得第一眼看到的是納桑尼爾．西伯格，接著才是安德烈．米哈爾科夫斯基。

那是茱莉亞音樂學院的先修班甄試。

當時馬薩爾是個剛來美國不久的國中生，還無法說流利的英語，對於究竟要讀音樂學院還是一般大學，感到十分迷惘。於是，他決定先報考應試對象為七歲到十八歲、茱莉亞音樂學院的先修班。先修班每週只上一次課，藉以熟悉學校環境，思考今後發展。

後來馬薩爾才聽說西伯格、米哈爾科夫斯基這些大咖級教授，居然肯擔任先修班甄試的評審，還眞是前所未聞。據說他們是聽聞畢業於巴黎國立高等音樂學院、有神童之稱的馬薩爾來報考，所以特地來探個究竟。

若是特地來探究竟的話，為何那時西伯格老師臭著一張臉？

過了很久之後，馬薩爾突然想起當時應試的情形，忍不住問恩師。

有嗎？我有臭臉嗎？

納桑尼爾一臉詫異。

馬薩爾用力點頭。

嗯。怎麼說呢？那表情超可怕，所以我一進去就注意到您。臉很臭……啊啊、對了。

納桑尼爾似乎想起什麼似的睜大眼。

那時是米哈爾科夫斯基邀我去聽甄選，說什麼有一位來自法國的神童。他啊，一心一意想將你納入門下，我心想他的「蒐集才華癖」又發作了。

馬薩爾後來也聽聞這位俄羅斯籍教授特別喜歡栽培有潛力的學生。

身為教育者，誰不想栽培有潛力的學生，幫助他們大放異采；但米哈爾科夫斯基只教導「前途無量」的學生，而且是強行將「自己的風格」套用在對方身上。當然，有人適應良好，也有人難敵他的強勢作風而失去自我，所以雖然很多師從他的學生成了樂壇新星，卻也有不少人並非如此。

馬薩爾的出現讓納桑尼爾心一驚，有不好的預感。

而且還是有如天使般惹人憐愛，散發天眞無邪氣息的神童。一看就知道慘了。絕對是那傢伙的菜，卻也會被他給徹底毀了吧。不過，你的演奏果然如傳言般精湛。我知道米哈爾科夫斯基一心想將你納爲囊中物，所以心情很差。

馬薩爾聽了，不由得哈哈大笑。

納桑尼爾則是苦笑地搖手。

我知道現在的馬薩爾不再是會被米哈爾科夫斯基輕易摧毀的璞玉，但那時我眞的、眞的很擔心你的將來。

謝謝老師。馬薩爾向恩師道謝。

那您一開始說要收我爲徒，不就好了嗎？

馬薩爾不滿地發牢騷，納桑尼爾搔搔鼻子。

當時的我對於教導學生一事，沒什麼自信；尤其你的才華格外出衆，總覺得自己沒能耐栽培你。

納桑尼爾的這番回應讓愛徒十分詫異。

是喔。原來老師也會這麼想！那麼，您爲何給我那樣的建議呢？

可想而知，馬薩爾順利通過甄試，先修班課程的指導教授正是米哈爾科夫斯基。

馬薩爾曾接受多位老師指導，但從沒遇過米哈爾科夫斯基這類型的。他的指導方式很活潑，善於煽動演奏者的情緒，誘發情感表現；另一方面，也很會旁徵博引，清楚說明曲子的樂思、主題動機等。

原來如此，專業鋼琴家、而且是大師等級的演奏者，看到的曲子風景是這樣啊！

馬薩爾恍然大悟的同時，對於專業鋼琴家這職業也很感興趣。

然而，總覺得哪裡不太對勁亦是不爭的事實。

因爲有條有理分析樂曲的結果，往往容易獨斷認爲「這首曲子就是這樣」；亦即米哈爾科夫斯基偏好緊緊攫住觀衆，不讓聽者有絲毫喘息空間，風格強烈的演奏。

馬薩爾很尊敬老師，感受到自我實力漸增的同時，也察覺自己很難照單全收老師的教學理念。

這種不太對勁的感覺究竟是怎麼回事？

某天下課後，不想直接返家的馬薩爾坐在學校大門口旁階梯上，眺望來往的行人。

日暮時分，天空漸漸變得清朗，感受不到氣溫下降，只覺得悶熱。

遠處鳴響的汽車喇叭聲，漸行漸遠的警笛聲。

無論是街道的氣氛、喧囂，這裡都和法國截然不同。

馬薩爾試著將這股差異化爲言語。

帶了點殺氣、速度感、活力充沛……

「不回家嗎？」

突然從頭頂上方傳來聲音，馬薩爾愣住。

定睛一看，原來是納桑尼爾．西伯格。將脫下來的外套披在肩上的他，看起來一派輕鬆。

「啊、老師好。」

納桑尼爾伸手制止準備起身的馬薩爾，坐在他身旁。

「今天好熱喔！」

納桑尼爾望著和他一樣將外套掛在肩上的行人，喃喃自語。

「是啊。」

馬薩爾也看向來往的行人。

兩人就這樣交談著。雖說如此，幾乎都是馬薩爾在說，聊些學校生活、家人的事、這裡與巴黎的差異、來到美國的感想等。

哦～是喔。納桑尼爾頻頻頷首，專注傾聽。

馬薩爾回神才察覺自己聊得忘情。

也發現自己幾乎沒和指導教授聊過什麼比較私人的事。

「我要去聽朋友的現場表演，要不要一起去？」

就在說個不停的馬薩爾稍微喘口氣時，納桑尼爾邀約。

「咦？方便嗎？」

「當然可以。我跟你爸媽說一聲吧。」

馬薩爾打電話給母親，納桑尼爾接過手機，恭謹告知：「您放心，我會送他回家。」

馬薩爾欣喜若狂。

西伯格老師竟然邀請我去聽音樂會，還親自向媽媽解釋。

「好！走吧。」

納桑尼爾率先邁步。

馬薩爾雀躍不已。

好久沒去聽音樂會了。什麼樣的音樂會呢？鋼琴？交響樂？在哪裡演出？林肯中心？還是卡內基音樂廳？

「對了，先吃點東西吧。」

納桑尼爾在街角專賣貝果和三明治的輕食店門口停下腳步。

兩人看向商品櫃。

「要吃什麼？」

「煙燻鮭魚搭配奶油起司好了。」

「OK。兩份煙燻鮭魚搭配奶油起司。」

兩人一邊嚼著食物，一邊悠閒漫步。馬薩爾覺得這一切好不可思議。居然能和大師級人物一起邊走邊吃東西。

「嗚！」

納桑尼爾突然停下腳步。

「您怎麼了？」

馬薩爾問。見納桑尼爾被凍結似的看著手上咬了幾口的食物。

「有酸豆。」

「您不敢吃酸豆嗎？」

「超討厭。眞是的！忘了問有沒有放這東西。爲什麼煙燻鮭魚一定要放酸豆啊！眞希望全世界馬上廢止這習慣。」

馬薩爾瞧他氣呼呼的模樣，不禁噗哧一笑。

眞是孩子氣。

「啊、還有。」

只見納桑尼爾忿忿地挑掉三明治裡的酸豆。

馬薩爾竊笑看著，頓時對這位大師級人物心生親切感。

這個人挺有意思的嘛！

怒火似乎平息的納桑尼爾拐進一條小巷。

咦？要去哪裡？

馬薩爾停下腳步，眨了眨眼。「就是那裡」，納桑尼爾用眼神向他示意。

「那裡？」

大樓一隅的門上亮著一盞小小的紅色霓虹燈。

馬薩爾戰戰兢兢地跟在老師身後。

來到入口，赫然發現是一間音樂酒吧。

門旁的招牌列出表演者名字。

店名旁邊有一排字「爵士俱樂部」。

爵士？

納桑尼爾無視呆愣原地的馬薩爾，逕自推開門，步下通往地下室的樓梯。

跟著老師步下樓梯的馬薩爾發現，這是一處和他所知截然不同的音樂世界。

這就是爵士俱樂部嗎？

馬薩爾呆愣在入口。

屬於成熟大人的世界，感覺是未成年者還不能踏入的夜世界。

馬薩爾感到心跳加速。

好暗、好狹窄，人群雜沓。

約莫擺著十張桌子的店裡坐了八成滿，有些人站在角落的吧檯前暢飲、談笑，空間裡瀰漫著期待開演的興奮氛圍。

舞臺似乎位於店內最後方，一處並未特別架高的空間。

昏暗燈光下，隱約可見繪在牆上的店家商標。

那裡擺著一架平台鋼琴和鼓，偌大的低音大提琴倚靠著椅子，觀眾席和樂器之間立著好幾支麥克風。

就在馬薩爾好奇地東張西望時，納桑尼爾已經付了兩人的費用，隨即有人帶位到後方靠牆桌位。「你先坐一下。」這麼叮囑的納桑尼爾走向吧檯，不久便回來的他，手上拿著裝有啤酒和薑汁汽水的玻璃杯。

兩人舉起杯子輕碰時，馬薩爾的目光停駐在老師手上的玻璃杯。

返潮的杯面印著一個曲線標誌。

「這是樂器吧……豎琴？」

「愛爾蘭豎琴。」

「記得不像交響樂團用的豎琴那麼大。」

聽說英國籍的納桑尼爾．西伯格，也有愛爾蘭血統。

「老師也是來自豎琴國度的人呢！」

馬薩爾喃喃說道，這句不經意的話讓納桑尼爾不由得轉了轉眼珠：

「原來如此。這樣的話，馬薩爾……」

欲言又止的他又說道：

「不知為何，一提到法國就會聯想到木管樂器，總覺得馬薩爾很適合吹排笛。」

排笛。

雖然我沒吹過，但聽過音色；獨特的柔和音色，總覺得有股難以言喻的懷舊感。

「是喔？」

「嗯。在森林裡一邊和仙女嬉戲，一邊吹排笛。」

「嗯……」

那是什麼樣的情景呢？

舞臺的燈光突然亮起，響起如雷掌聲。

兩名黑人男子從入口走進來，分別坐在鼓和鋼琴前。

緊接著走進來的是幾位抱著樂器的白人男子，分別揣著小號、長號、次中音薩克斯風。

他們行經桌位之間的通道，各就各位。

最後進場的是大塊頭白人男子，只見他微笑地向大家揮手致意，抱起低音大提琴。

小聲數了一二三之後，演奏開始。

哇！

馬薩爾感到震懾不已。

這是從未體驗過的音樂。

激情與詩意、衝動與理智、殺氣與洗練。

每一顆樂音猶如冰雹般不斷飛濺過來，感受到生理上的震撼；形同物體的樂音，不停湧現、相互碰撞、爭辯。

各有堅持的六個人不斷磨合、協調、破局、競爭，一遍又一遍。

獨奏的還擊開始。

這是一場必須一較高下的爭鬥。

演奏者的精神、音樂，毫無保留地衝擊觀衆的感官。

馬薩爾渾身發燙，頓時起雞皮疙瘩。覺得整個人化成了耳朵，用這副身軀的每一吋肌膚，聆賞著樂音，沐浴其中、沉浸其中。

雖然很想努力跟上、解釋、咀嚼，卻怎麼也追不上，只能一味領受、吞食，感受任憑樂音回響至全身各角落的暈眩感。

不斷流入體內的各種樂句，在馬薩爾心中激起漩渦，起泡，濺起滔滔飛沫。

約莫六十分鐘的演出結束，表演者們一一離場，馬薩爾卻遲遲無法從衝擊中醒來。

腦中不斷浮現方才的樂音、樂句，甚至沒注意到納桑尼爾向他搭話。

只見高頭大馬的低音大提琴手走過來，向納桑尼爾打招呼。聽納桑尼爾說，他是紐約愛樂的低音大提琴手，也是這個爵士樂團的團長。

馬薩爾怔怔地抬頭望著這位演奏家。

雖然每位團員都很厲害，但是率領、統籌樂團所有事物的是這位低音大提琴演奏家；演奏想像力十足的低音部旋律，作爲樂曲的底蘊，打造一方「獨特世界」的人也是他。

這樣的人，微笑著和納桑尼爾愉快閒聊。

啊啊～原來音樂世界有這麼多厲害的高手。這個人和納桑尼爾都站在那一邊，身處遙遠彼方的音樂國度。

兩人的側臉輪廓在燈光照耀下，熠熠生輝。

好想去那個國度，好想和這些人站在一起，好想像他們那樣輕拍肩膀，談笑風生……

明明近到能感受到兩人的氣息，卻又覺得他們身處的地方好遠、好遠。他們沐浴在聚光燈下的璀璨音樂國度。

好想去，我也想去那裡。

馬薩爾熱切渴望著。

低音大提琴手準備離去時，微笑地看了一眼馬薩爾。

「喂、他該不會是你的私生子吧？」他半開玩笑地說。

納桑尼爾神情嚴肅地回道：

「他是明日之星。」

低音大提琴手剎時怔住，輪流看著納桑尼爾與馬薩爾，過了一會兒才擺手離去。

馬薩爾也很錯愕。

只見他一臉疑惑地看著納桑尼爾。

「你是明日之星。」納桑尼爾又說了一次。

驚愕不已的馬薩爾不停眨眼。

明日之星？我？

納桑尼爾突然露出沉思的表情：

「你的音樂很廣闊，除了底蘊豐厚之外，還有著出乎意料的複雜性與多樣化。」

他彷彿想起什麼似的抬起頭，擠出聲音低語：

「你學些其他樂器比較好吧。學幾種非鍵盤類的樂器。」

「其他樂器？」

馬薩爾再次不停眨眼。

「其實這種事因人而異。有些人比較適合專心練琴，但你的情形是多接觸各類型樂器，對你絕對有好處，也不會妨礙練琴。」

這麼說的納桑尼爾雙手交臂：

「嗯……所以我今天才會想帶你來這裡吧。」

馬薩爾不可思議地看著喃喃自語的納桑尼爾。老師的神情既嚴肅又緊繃。

他似乎跟我說了很重要的事情。

而且他非常了解我，關心我。馬薩爾有此直覺。

沒想到你眞的聽了我的話，學習其他樂器。

納桑尼爾誇張地縮著脖子說。

還不是老師那時一臉嚴肅，我才會那麼在意啊！

馬薩爾抗議。

是喔。

納桑尼爾露出馬薩爾最喜歡的靦腆表情，搔搔鼻子。

不過，眞的好有趣喔。這所學校還眞是臥虎藏龍啊！任何樂器都有人專精，而且大家都很樂意教我。

結果，馬薩爾選擇長號，但因爲也想學打鼓，所以有一陣子兩個都學，後來決定還是專攻長號。

馬薩爾學吹長號一事，並未告知指導教授，但終究還是傳進他耳裡。

某天，米哈爾科夫斯基狠狠責罵準備去上長號課的馬薩爾，而且情緒激動到令人擔心他的心臟老毛病可能會發作。

學吹長號？你到底在想什麼？

你應該專心練琴，不該浪費如此難得的才華！學習其他樂器只會讓你分心，難道你連這一點自覺都沒有嗎？

因為米哈爾科夫斯基的反應一如預期，反而讓馬薩爾忍不住想笑；顯然對眼前這位老師來說，他不是那種就算學習其他樂器也有幫助，不會妨礙練琴的學生吧。

眞的很抱歉。

馬薩爾低頭道歉。因為要是不這麼做，很難收拾這場面。

不過他道歉的同時，內心也冷靜思索著。

現在該怎麼辦？繼續跟著這位老師學習，眞的好嗎？

馬薩爾試著分析自己身處的情況、自我期許，以及自己的將來。

我直覺自己的音樂類型比較偏向納桑尼爾老師說的，比起「專注」琴藝，更適合多方嘗試、體驗不同領域，才能學習得快樂又充實，再將累積出來的莫大成果回饋於鋼琴。

但是考量到今後發展，斷了這段師徒情誼絕非萬全之策。根據馬薩爾的觀察，更換指導老師絕對不是件容易的事，況且拒絕接受茱莉亞音樂學院頂尖教授的指導，恐怕有損自己在學校與師長心中的印象。

還有另一件令人擔心的事。

那就是米哈爾科夫斯基除了有「蒐集才華癖」之外，也偏好指導「年紀小」的學生。

所以他打算讓馬薩爾參賽，將他推上大型音樂比賽，搏個「史上最年少獲獎者」的頭銜；要是順利的話，還能贏得「史上最年輕首獎得主」的榮耀。

馬薩爾確實有此實力，學校方面也想大力栽培。

但是他覺得自己還沒做好心理準備，也明白一旦踏入音樂比賽這個機制，便很難從中「抽身」。

要是您一開始就是我的指導教授，我就不會那麼煩惱了。

馬薩爾滿腹牢騷地看著納桑尼爾。

納桑尼爾苦笑。

反正結果是這樣，不也很好嗎？不過啊，那時眞的沒想到馬薩爾會拜託我做那種事，完全搞不懂你到底在打什麼主意。

全美最具規模、最著名的音樂比賽即將舉行。

因爲參賽者衆多，必須進行初審；馬薩爾一派悠哉地準備迫在眉睫的比賽。

就在離初審只剩兩週時，他拜託納桑尼爾一件事。

自從納桑尼爾帶他去看了爵士樂現場表演後，兩人便經常碰面聊天。

一臉憂慮、不安的馬薩爾，懇請老師幫他一個忙。

我很害怕參加初審，緊張得睡不著覺，畢竟第一次參加規模這麼大的音樂比賽。其實我很容易怯場，人少的話還好，就怕人多，而且比賽前一天會緊張到不行，一直胡思亂想，搞得自己身心俱疲。老師，如果您方便的話，可以陪我到處走走嗎？身體累一點就能什麼也不想地一夜好眠，迎接隔天的比賽。

面對馬薩爾的淚眼懇求，納桑尼爾爽快允諾。

碰巧我那天沒事，陪你逛逛紐約吧。

（其實馬薩爾早就想盡各種方法調查初審前一天納桑尼爾的行程。）

於是，暫時拋開比賽的兩人盡情當著觀光客。

穿著單薄的馬薩爾一整天在外頭四處遊逛、猛喝冷飲、興奮地大吼大叫，根本是他帶著納桑尼爾遊覽紐約。

其實，納桑尼爾也有點狐疑。

但他想，不願回家的馬薩爾可能是害怕面對初審賽事吧。

結果就在比賽當天早上。

馬薩爾上吐下瀉、發高燒、聲音沙啞，虛弱到根本無法起床（母親趕緊通知米哈爾科夫斯基）。

這情況當然無法參加初審。

想當然爾，米哈爾科夫斯基十分震驚、憤怒又哀嘆。

你昨天到底在幹嘛？什麼？因爲緊張，所以在寒冷的市區四處閒逛？你這孩子怎麼如此膽小又沒責任感?!什麼？納桑尼爾．西伯格陪你一起逛街？

可想而知，馬薩爾沒參加比賽。

得知這件事的納桑尼爾十分錯愕，不斷向馬薩爾、馬薩爾的雙親，還有米哈爾科夫斯基賠罪。

馬薩爾臨陣脫逃一事，讓指導教授對他的關注度迅速退燒。不管是學習其他樂器，還是初審前一天打退堂鼓，都讓有「蒐集才華癖」的教授覺得馬薩爾不是自己看好的類型，根本名不符實也說不定。

幸好米哈爾科夫斯基很快就發掘了一位「才華出眾」，由祖父母扶養長大，身為柬埔寨難民的十二歲天才少女。

於是，他將馬薩爾硬是塞給納桑尼爾。

納桑尼爾本來就對馬薩爾沒能參加初審一事心懷愧疚，也就開心「負起責任」收其為徒。

我真是白擔心了。馬薩爾壓根兒就不是會被米哈爾科夫斯基擊潰的初生之犢。

前往爵士俱樂部的路上，納桑尼爾忍不住搖頭。

結果一切如你所願，根本是個厲害的謀略家嘛！

這個，請老師享用。

馬薩爾將他跑去買來的其中一個貝果三明治遞給納桑尼爾。

謝謝。

納桑尼爾道謝後，隨即咬了一口，「嗚」的一聲停住。

是煙燻鮭魚搭配奶油起司的三明治。

一臉不悅的他低頭瞧著手上的食物。

啊、對不起，給錯了。

馬薩爾趕緊換過來。

老師的是這個，沒放酸豆。

太好了。這孩子還記得。

納桑尼爾露出安心的表情，咬了一口。

當然記得囉。

馬薩爾也咬了一口。

排練時間到了，得快點趕去才行！

馬薩爾揹著裝著長號的樂器盒，參與今天演出的他，正趕往那間爵士俱樂部。

個頭差不多高的兩人，快步消失於紐約的街角。

鈴蘭與樓梯

必須快點決定才行。

小奏仰望日漸西沉的窗外。

廚房的桌子上擺著大碗和笊籬。她一邊聽著最近很喜歡的某個英國女團的歌，一邊剝掉豆芽菜的鬚根。

小奏後來才知道，原來納桑尼爾．西伯格的掌上明珠，就是這女團的隊長。

因爲她名叫黛安．維特雷，所以沒察覺；後來查了一下，這是她母親的姓氏。黛安長得和父親一點也不像，大概比較像母親吧。樂團的詞曲創作幾乎由她一手包辦，好像也會彈吉他的樣子。每一首歌都能觸動聽者心弦，激起共鳴，著實令人驚豔，果然音樂才華是會遺傳的。

最後一首歌結束。

小奏輕聲嘆氣，重聽自己的演奏錄音。

想說聽聽流行歌曲，轉換心情，洗滌一下耳朵；因爲最近聽太多遍自己的演奏錄音，耳朵都膩了，實在很難有什麼新鮮感。

嗯……不行。

小奏按下停止鍵。

這幾個禮拜、不，從更早、更早以前——大概從自己想改學中提琴開始——一直有個懸而未決的課題。

那就是挑選樂器。

小奏改學中提琴已經將近一年半，卻還沒找到堪稱「理想伴侶」的中提琴。

目前用的琴是指導教授從自己好幾把琴中挑一把借她的，但用著借來的樂器總覺得不踏實。

總之，必須快點決定才行。這一個月來，向老師熟識的樂器行借了好幾把琴來試拉、比較，可是越比越疑惑，缺乏一個決定性的理由是不爭的事實。

像是史特拉底瓦里、瓜奈里，都是價值不菲的公認名琴。世人總認為價格越昂貴越好，但挑選樂器可沒這麼簡單。

的確有那種讓人演奏時覺得自己變得很厲害，號稱「名器」的樂器；但樂器之所以精良有名，也是因為曾被頂尖演奏家使用的緣故。因此，就某方面來說，樂器的優劣端看使用者，亦即之所以為名器也是因為名家用過。

之前看了一部關於巴黎歌劇院芭蕾舞團的紀錄片，其中有一幕是藝術總監叮囑新來的年輕編舞家。

以車子來譬喻的話，我們團裡的明星舞者可是個個像F1賽車般厲害，千萬別編些像在國道上龜速行駛的舞步哦！

樂器也是一樣吧。無論是名器還是F1賽車，要是沒有實力一流的人駕馭，也無法彰顯不凡之處。

契合度也是個問題。

尤其中提琴的大小沒有一定標準，有那種「看起來好大喔」，也有大小近似小提琴的，所以必須依個人手臂長度與體型，選擇合適的尺寸；再者，價格與品質也不一定呈正比，也有拉得出優美音色的便宜貨。

這麼一想，就覺得要考量的因素好多，也就越迷惘；雖然很想試奏世上所有的中提琴，但這是不可能的。不曉得有沒有幫助自己尋覓到合適樂器的魔法呢？一旦這麼想，便更難決定。

挑選琴弓也是個問題，除了價格落差很大、各有各的特色之外，琴弓和樂器也有所謂的契合度。

小奏有自己的堅持，光是想到世上有太多無法試奏的組合，便讓她陷入選擇困難的窘境。總之，先專心挑選樂器吧。小奏搖搖頭，這麼告訴自己。

她起身，取出放在冰箱冷凍的豬五花，心想現在拿出來解凍剛剛好。

今天爸媽不在家，小奏一個人看家。

現任音樂大學校長的父親幾乎不在家，教授聲樂的母親也是四處奔波，忙碌不已。小時候家裡有女傭負責烹煮晚餐，但通常只有小奏和姊姊兩個人用餐，不過姊姊三年前也留學義大利。

喜歡烹飪的小奏升上國中後，便經常和女傭一起料理餐食，所以現在家裡幾乎由她掌廚。

烹飪和音樂很像。

都是「旋即消失的東西」，也是一期一會、訴諸五感的東西。

今天獨自看家，又是冷颼颼的晚春時節，想說用豆芽菜、豬五花煮個泡菜鍋。雖說是非常簡單的料理，但之前煮過好幾次，就是煮不出「百分之百滿意」的味道；是因爲用的泡菜不對嗎？還是湯頭不對？今天想做幾種「醬汁」，做出眞正美味的泡菜鍋。小奏悄悄燃起鬥志。

準備了三種泡菜，三種醬汁。

還準備三口小鍋，事前準備俱全。因爲想試試泡菜和醬汁的組合，所以打算分三次煮，共計九種口味。

小奏再次播放自己的演奏錄音。「一號中提琴」「二號中提琴」以及「三號中提琴」等三種版本，雖然早已聽膩自己演奏的樂音，仍打算一如初心地聆聽。

其實向老師借來的中提琴演奏起來頗順手，老師應該也是這麼想才會說：「這把琴挺適合妳呢！而且不可思議的是，一拉就奏出『妳的聲音』，要是中意的話，就讓給妳吧。」（也就是「賣」的意思）。

是的，「一號中提琴」很像小奏的個性。

所以打從一開始就用得很順手，總覺得有一種早已相隨，彼此是「同類」的感覺。

向樂器行借來的「二號中提琴」，音色較爲尖銳，稍嫌刺耳，加上演奏出來的音色華麗，演奏風格容易被定型。就現階段來看，不難想像用這把琴演奏的話，音色會越來越華麗。小奏總覺得這把琴的音色過於犀利，少了一點韻味，一方面也擔心自己無法駕馭。

同樣是向樂器行借來的「三號中提琴」，有別於「二號中提琴」，予人一種低調感，音色也最像中提琴，或許就這一點來說，「三號」是最佳選擇，不過正因爲音色沉穩，所以演奏時會有一種果然是「借來的」感覺；但不可否認，兼具深度與潛力的這把琴，有著將來能成爲好琴的實力。問題是，現在的我眞的能駕馭這把琴嗎？眞的能收服這把琴嗎？小奏沒什麼自信。倘若不是我，而是別人，好比A小姐擁有它的話……小奏想了想，還是覺得這把琴不適合自己。

這麼看來，果然還是「二號中提琴」最合適囉？畢竟用得很順手，所以應該選擇這把被老師誇讚一拉就奏出「我的聲音」的琴嗎？

「嗯……」

小奏低喃，按下停止鍵。

站也不是，坐也不是的她，索性上二樓自己的房間拿樂器。

小奏將三個琴盒擺在樓梯平台上，然後一屁股坐在樓梯上，迫不及待從「二號中提琴」開始拉奏。

因爲父母都有收學生，所以小奏家的地下室有兩間隔音設備很棒的練習室，她卻偏偏喜歡坐在樓梯上拉琴。

而且小奏總是坐在從平台往下數的第三階。

有趣的是，學習聲樂的姊姊也是如此。她的話，則是喜歡坐在從平台往上數的第二階，這樣雙腳可以踩在樓梯平台上，或是站在平台上高歌。

或許因爲樓梯平台是一處讓人覺得聲音會往上衝，空間開闊的地方吧。也或許是因爲比起有隔音設備的練習室，這裡發出的聲音比較自然。

小奏覺得在樓梯上拉奏的樂音比較貼近「眞實」，在練習室怎麼演奏都覺得「有修飾過」。

當然，想成爲演奏家，一定要練出讓觀衆滿意的完美樂音；但還是初學者的她必須不時確認自己的「眞實樂音」，必須花些時間和自己對話。

接著試奏「三號中提琴」（果然不太契合），最後是「一號中提琴」。

十分協調、契合的樂音，感覺樂器的體溫與自己的體溫一致。

也許應該選這把。

腦中浮現這念頭。

以這把第一次拉奏中提琴所使用的樂器開啓演奏人生，算是符合我的作風吧。

小奏冷不防瞥見擺在樓梯下方、玄關鞋櫃上的那盆鈴蘭。

惹人憐愛的小白花。

母親有位住在北海道的學生，每年都會送來鈴蘭。因爲鈴蘭是初夏盛開的花，比同時期的花種都來得提早綻放。總覺得「清純」這詞很適合用來形容這種屬性內斂的花。不知爲何，小奏每次看到鈴蘭就覺得「好像自己」。

手機響起。不是簡訊，而是來電鈴聲。

小奏趕緊回到廚房。

榮傳亞夜

亞夜？

小奏訝異地看著手機螢幕顯示的名字。

她現在不是在歐洲嗎？

在芳江國際鋼琴大賽榮獲第二名的亞夜，決定留學巴黎國立高等音樂學院。

雖然美國茱莉亞音樂學院，還有莫斯科音樂學院都向她招手，但小奏猜想亞夜之所以選擇留學巴黎，是因爲風間塵也在那裡的緣故。

巴黎和這裡的時差是七小時，所以她那邊還是早上囉？

小奏拿起手機：

「喂、怎麼啦？亞夜。」

「小奏，妳還在尋找合適的中提琴嗎？」

話筒那端傳來沒頭沒腦、語帶探詢的話，頓時小奏懷疑起自己的耳朵：

「什麼？妳現在人在哪裡？」

「布拉格。風間塵也一起來。」

「風間也去布拉格？」

「小奏～～妳好嗎？」

馬上傳來風間塵隨興的大嗓門，小奏不由得將手機拿得離耳朵遠一點。

「我們在帕維老師家！老師家好氣派喔！還養錦鯉耶！」

這不重要啦！傳來亞夜的聲音。啊、是喔。接著是風間塵的聲音。

亞夜果然和風間塵在一起。

「老師說他那把中提琴可以賣給妳哦！」

「帕維老師是誰啊？你們怎麼會在那裡？」

小奏的腦子越來越混亂。

「對不起啦！嚇到妳了吧。」

亞夜苦笑地說。看來風間塵已經走遠。

亞夜壓低聲音說道：

「告訴妳一件有點不可思議的事。」

這件事的確很不可思議。

風間塵在芳江國際鋼琴大賽獲獎者音樂會擄獲了不少粉絲，於是邀約不斷的他，只好利用課餘時間舉辦音樂會；當然，不是在大型音樂廳，而是在音樂酒吧之類的地方或教堂等小型場所。亞夜不時會擔任演奏嘉賓

（亞夜說：「與其說我是嘉賓，不如說只是一起參加音樂會的人而已。我的存在就像生魚片的配菜吧。風間塵的人氣眞的很誇張，還有死忠粉絲呢！」），兩人就這樣成了演奏搭檔。

因爲這次是來自布拉格的演出邀約，所以兩人從巴黎出發前往。

風間塵本來就是那種四處爲家的人，所以只要帶著睡袋，借住別人家就行了。而且因爲尤金・馮・霍夫曼的關係，風間塵結識不少歐洲音樂界人士；雖然不至於到那種每個地方都有朋友的程度，但的確四處都有得借住（而且不少都是樂壇大咖，光聽名字就很驚人）。

這次音樂會結束後，風間塵也是借宿捷克愛樂的中提琴手家（亞夜當然是投宿旅館）。

因爲帕維先生下午才要出門工作，所以亞夜一早便去接風間塵。兩人想順便來趟布拉格觀光之旅，打算轉搭長途火車回巴黎。

亞夜抵達帕維先生家。

當他太太開門時，亞夜就聽到屋內傳來中提琴的琴聲，心想：「啊、是小奏在拉中提琴。」

「眞的很不可思議呢！」

亞夜發自內心地說：

「想想，這種事怎麼可能嘛！這裡是布拉格耶。況且我只聽過小奏拉小提琴，但聽到那琴聲的瞬間，我卻毫不遲疑地想：啊、是小奏在拉中提琴。」

更不可思議的事還在後頭。

風間塵看著亞夜，指著傳來琴聲的方向這麼說：

「妳聽，那是小奏吧。小奏在拉琴呢！」

知道彼此有著相同感受時，著實嚇了一大跳。

不會吧！眞的是小奏嗎？亞夜趕緊循著琴聲走過去瞧個究竟。

拉琴的人當然不是小奏，而是帕維先生。

帕維先生詫異看著一臉錯愕的兩人。聽了他們的說明後，只見他「嗯」了一聲：

「的確很不可思議。」

帕維先生也這麼覺得。

其實帕維工作時用的是另一把琴，今天早上用的是好幾把預備琴中的其中一把，而且平常幾乎不太會用到，也不曉得爲什麼今天早上突然想拉奏這把鮮少用到的琴。

彷彿想讓碰巧寄宿他家的風間塵，和早上來接他的亞夜聽到似的。

「小奏不是說她在找一把適合自己的中提琴嗎？」

風間塵說出亞夜正在想的事。

「嗯。只能說冥冥中有什麼力量在導引。」

風間塵將這件事告訴帕維先生，他覺得很不可思議也很有趣。喜愛日本文化，甚至在家裡養錦鯉的他，願意將這把中提琴讓給素昧平生、還是中提琴初學者的日本女孩。

「如何？很不可思議吧？」

小奏的耳邊響起亞夜興奮不已的聲音：

「而且啊，更巧的是捷克愛樂從這週末開始在日本巡演。帕維先生說，他會帶著小奏的中提琴去日本。」

小奏的腦子一片空白。

等、等一下！什麼叫做「小奏的中提琴」?!雖然你們是鋼琴天才，但是被不熟悉弦樂器的你們說得這麼篤定，我很傷腦筋耶！

「帕維老師今年要退休了。所以這是他最後一次跟著樂隊去日本巡演。」

亞夜乘勝追擊地說。

天啊……

小奏怔怔地凝視前方。

爸爸、媽媽都不在的廚房。

當然，指導教授也不在。

小奏頓時有種哭笑不得的奇妙感覺。

非得逼我在一堆豆芽菜和豬五花面前，做出如此重大的決定嗎？

「小奏？」

風間塵喚著頓時啞口無言的小奏：

「對喔，還是得聽聽聲音才行。老師！你拉一下、拉一下！」

小奏直冒冷汗。

對方是即將退休的捷克愛樂團員，再怎麼說都是大師級人物。居然對這麼大咖的人如此沒大沒小，風間塵啊！眞是敗給你了。

「這把中提琴是捷克製的。呃……這字要怎麼唸啊？」

傳來亞夜的聲音。

小奏倒抽一口氣。

捷克製的中提琴。是小奏最喜歡的，那中音多變又複雜的交響樂中提琴——

冷不防流洩進耳裡的樂音，讓小奏渾身起雞皮疙瘩。

只覺得毛髮直豎。

該怎麼形容這股衝擊呢？

戰慄？恐怖？還是——絕望？

站在離布拉格好遠好遠，傍晚時分的東京家中廚房的小奏，一邊拂去頻冒的冷汗，一邊聽到自己這麼回答：

「無論如何，請將這把中提琴讓給我。」

小奏坐在從樓梯平台往下數的第三階，看著手上的中提琴。

令人迷戀的米黃色，上漆的琴身散發沉鈍光芒，光看那美麗背影就有股難以形容的愉悅。

小奏直到現在還無法相信這把琴就在她手上，明明擺在自己的房間，卻擔心它會不會一離開視線範圍就消失了。所以頻頻去察看。

現在「一號中提琴」「二號中提琴」「三號中提琴」都各自回到原來的地方。

從那天之後，僅僅過了一個禮拜。

小奏看向擺在玄關的鈴蘭。

鈴蘭依舊生氣盎然，惹人憐愛的小白花仍然綻放。

從廚房瓦斯爐上的鍋子傳來咕嘟、咕嘟的沸騰聲。

小奏打算一雪上次泡菜鍋口味決定大會半途腰斬的恥辱。

那天，小奏記下帕維先生的聯絡方式，掛斷電話後，根本顧不得泡菜鍋，火速打電話給父親和指導教授，一直忙到深夜才敲定三人和帕維先生在日本碰面的時間。

週末，一行人戰戰兢兢前往飯店，拜訪甫抵日本的帕維。才見面幾分鐘，小奏的指導教授便和帕維先生聊得很開心，原來兩人師出同門，曾師從同一位教授。

雖然最令人在意的價格比預算大概貴上兩成，但也不算貴得離譜，畢竟這是帕維先生一直珍藏在手邊的琴，所以價格也算合理。

不同於父親、指導教授與帕維聊得十分開心，小奏顯得很緊張。因爲她一直盯著擺在面前的樂器，無法移開視線。

妳試奏一下吧。

在兩位老師催促下，小奏拿起這把琴。

心跳從來不曾如此劇烈。

奏出樂音。

兩位老師倒抽一口氣，沉默不語。小奏明白他們聽得入神，但她現在可沒這樣的心情。

因爲她再次體驗到那時透過手機感受到的戰慄與衝擊。不，親身演奏所感受到的衝擊，遠勝那時。

小奏忘情演奏著。結束時深嘆一口氣的她抬頭，發現兩位老師鐵青著臉看著她。

只見帕維先生喃喃道：「這根本就是妳的琴嘛！」指導教授也感嘆：「太驚人了。」

妳居然能奏出那樣的樂音。沒錯，妳的中提琴，就是這樣的音色。

是的，小奏從這把中提琴感受到一股超自然的力量。

那時感受到的戰慄與絕望，應該是面對今後將與這把樂器一起開拓的未知世界，必須有所覺悟的一種臨陣興奮感吧。

也或許是預感今後想和這把琴一起打造自己的音樂，勢必得經過一番苦鬥。然而，這把琴尚未對我心服口服，現在的它只是斜眼瞅著我罷了。

不過，小奏確信它總有一天會對自己微笑，總有一天會被自己收服。

難道是自己太獨斷嗎？不，不只我，搞不好老師也是。

小奏想起老師鐵青著臉的模樣。

只覺得自己的個性適合拉中提琴，覺得自己演奏出來的琴聲就是這種感覺，所以便打算以演奏出看似不華麗，卻兼具實力與魅力，能夠贏得行家讚賞的中提琴樂音爲目標；這就是我隱隱約約在腦子裡勾勒的未來，不是嗎？不知不覺間，對於中提琴的世界、想像、可能性有了這種既定印象，不是嗎？

我小看了中提琴的豐富性與包容力，其實它擁有更複雜、更有深度，無法一眼看盡的廣闊世界。

當然，那裡可能是陰沉昏暗的地方，也或許是混濁黏稠之處。

沒錯，就像楚楚可憐的鈴蘭，其實是有毒的植物。

小奏輕輕將中提琴放回琴盒，站了起來。

然後快步走向廚房。

好！今晚就來決定泡菜鍋的口味吧。

小奏不自覺地擺出了勝利的姿勢。

傳說與預感

他做了個夢。

好懷念、很期待、不可思議的夢。

夢中的他站在一處無比明亮的地方，體驗突如其來的悸動。

無奈醒來的那一刻，這股體驗瞬間消失，徒留「悸動」的餘韻。

這是什麼夢啊！

他緩緩從床上起身。

確實是很新奇、很美好的體驗。

當他輕輕搖了搖頭時，傳來敲門聲。

「早安，大師。您的咖啡。」

「謝謝。」

門一開，先是飄來一陣咖啡香。

舉止有些粗魯，身材結實的男人走進來，將盛著咖啡的銀托盤放在邊桌上。

「維克多，我每次來這裡，你總是能察覺我幾點起床，真是不可思議！」

男人面帶微笑準備離開時，突然停下腳步，回頭道：

「老爺邀您下樓共進早餐。」

「好。我喝了咖啡就過去。」

他看著擺在邊桌上的樂譜。

「那個樂譜這麼珍貴嗎？」

當他抱著樂譜來到氣氛愉悅的飯廳時，城堡主人瞧了一眼他手上的樂譜。

「嗯。」

他含糊回應：

「至少我是第一次看到。」

「是喔。」

「昨晚彈奏的就是這版本。」

「是喔。我還眞不知道呢！」

他輕輕將樂譜放在桌上。

「可以再借我一陣子嗎？」

「當然沒問題。應該說，你拿去都沒關係，比放在我這裡有用多了。」

「別這麼說。」

他趕緊搖手：

「這可是令尊的珍貴收藏品。讓我借住這裡時可以翻看就很滿足了。」

「我不清楚它的價值，也很訝異我爸會收藏樂譜，要不是你發現，我肯定永遠不知道。」

城堡主人聳聳肩。

城堡主人的父親是知名的舊書收藏家。他則是前天偶然在書房時，發現這本鋼琴樂譜。

「我沒聽說父親收藏樂譜，大概是向經常往來的舊書店整批收購書籍時混在裡面了吧。」

「原來如此。」

《大衛同盟舞曲》。

這是舒曼的中期作品，衆所周知這作品修訂過好幾次，每個版本都不太一樣。

樂譜有所謂的不同版本或修訂版，都是屬於增補性質。以前曾在巴黎的跳蚤市場發現版本不同的舒曼舊版樂譜，肯定還有其他尚未被發現的版本。

「可以讓我再看一下書房嗎？也許還有其他樂譜。」

「當然沒問題，想在裡頭待多久都行。反正沙龍音樂會已經結束了，你就好好休息吧。今年也很成功呢。謝啦！尤金。」

「那我就不客氣了。」

城堡主人見他用完早餐準備離席，也起身說道：「我去拿書房的鑰匙。」

明亮晨光灑入長廊。

偌大窗戶外頭是矗立著成排樹木的斜坡，這座山是城堡主人的領地。瞥見有位年輕男子一手拿著筆記本，來回踱步。走了幾步後停下來，不知寫些什麼。

「那個人在做什麼啊？」

城堡主人聽到他的喃喃自語，回道：

「哦~他啊，這幾年都會從巴黎來我這裡。他在巴黎大學做研究呢！這個年輕日本男人好像是個養蜂專家，說我家果園的蘋果開花日可以作爲基準，所以來調查這時期的花況。」

「是喔。」

男人頻頻察看果樹，認眞筆記。

神情專注的側臉令人印象深刻。

「這男人挺有趣的！年紀輕輕卻博學多聞，還能說一口流利的法語。」

「沒想到你還會稱讚別人。」

這裡好亮。

他瞇起眼，望著樹梢上方無垠的朗朗青空。

「你在這裡等我，我去拿鑰匙。」

兩人來到書房門前，城堡主人這麼說後，快步離去。

他看向窗外一片綠意。

沐浴在陽光下的柔和顏色看起來如此嬌嫩、輕鬆愉悅，但這顏色也讓人不由得意識到自己年華老去。

忽然，不知從哪兒傳來琴聲。

喔？有人彈琴。

可以聽得這麼清楚，應該是彈奏擺在大客廳的鋼琴吧。

「抱歉，久等了。」

城堡主人快步返回。

「有人在彈琴？」

被他一問，城堡主人才察覺到琴聲，不可思議地說：「是耶。應該是彈奏擺在玄關旁邊大廳的鋼琴吧。」

「玄關那邊的鋼琴？」

他很驚訝。

大廳確實離這邊比較近，那裡一直擺著一架直立式鋼琴，以前曾隨意彈著玩。

「有調過音嗎？」

一邊用鑰匙開門的城堡主人，又疑惑地回頭：

「沒啊！調音的話，只會調大客廳那一架平台鋼琴，而且只有你來的時候才會請人來調音。」

「所以那架直立式鋼琴一直都沒調音？」

「是啊！怪了？怎麼打不開啊？」

城堡主人忙著開門。

他卻入神聽著琴聲。

沒調音？可是這聲音……

他側耳傾聽。

確實鳴響著，而且很清楚。

「誰啊？是哪位客人在彈琴？」

「呼～總算打開了。」

主人打開了門，才發現他很在意現在的琴音，於是說道：

「就是剛才在外頭那個研究員的小孩。他今年帶孩子一起來，那孩子好像很喜歡彈琴，一看到大廳有琴就彈起來了。」

「小孩？」

他不敢置信。

小孩在彈琴？

可是那孩子彈奏出來的樂音也太……而且還是用那架鋼琴？

「尤金？」

城堡主人又一臉疑惑地回頭看著好友。

不過，好友似乎絲毫未覺。

《大衛同盟舞曲》。

他深受衝擊。

現在流洩出來的琴聲是舒曼的那首曲子，而且——

是我昨晚彈奏的版本。

他低頭看著手上的樂譜。

沒錯，是我昨晚彈奏的版本——

也就是說，那孩子聽了我昨晚的演奏後記下來，然後用那架鋼琴重現——

頓時，他渾身起雞皮疙瘩。

近似恐懼的衝擊使他瞬間感到頭暈目眩。

「尤金？怎麼了？」

友人的聲音聽起來好遠。他奔向大廳。

琴聲越來越大。

氣喘吁吁的他，站在玄關旁的大廳門口。

一道光灑落。

耀眼光芒中有個小男孩。

動作稍嫌笨拙的他，正興奮、專注地彈琴。

突然，他想起今日清晨的夢境。

沒錯，這就是出現在夢中的光景。

在一處無比明亮的地方，有著美好的體驗——那是一股深沉的悸動，肯定就是眼前這番光景，不是嗎？

男孩彈了一會兒，可能是察覺鋼琴上倒映著人影吧，只見他突然停手，倏然回頭。

怔怔的小臉蛋。

大眼圓瞠。

好美、包圍在光芒之中——

他感覺心跳加劇。

內心湧現一種近似感動，不可思議的亢奮感。

「唷！」

他主動打招呼，緩步走向男孩。

男孩趕緊從椅子上跳下來，目不轉睛看著他。

他走到男孩面前蹲下，兩人對視。

「打擾你彈琴，不好意思囉。」

男孩聽到他這麼說，依舊愣在那。對喔！這孩子是日本人。他這才察覺：

「你好。你叫什麼名字？」

他用日語問候。

只見男孩理解地點點頭，笑著說：

「我叫風間塵。」

聽起來很有精神的聲音。

ZIN KAZAMA。

ZIN。原來如此，這個精靈*的名字很適合他。

「我叫尤金。」

---

*精靈的英文爲「Genie」，與日文的「塵」（ZIN/JINN）發音相似。

他放慢速度說著。

看男孩的嘴形，知道他唸著「尤金」這名字。

「我叫尤金·馮·霍夫曼。請多指教。」

他伸出手，男孩微笑著用力回握。

Eurasian Publishing Group
圓神出版事業機構
用心與你對話・視野無限寬廣
圓神出版社
Eurasian Press

www.booklife.com.tw
reader@mail.eurasian.com.tw

小說緣廊 018

節慶與預感【蜜蜂與遠雷・沒說完的故事】

作　　者／恩田陸
譯　　者／楊明綺
發 行 人／簡志忠
出 版 者／圓神出版社有限公司
地　　址／台北市南京東路四段50號6樓之1
電　　話／（02）2579-6600・2579-8800・2570-3939
傳　　真／（02）2579-0338・2577-3220・2570-3636
總 編 輯／陳秋月
書系主編／李宛蓁
責任編輯／胡靜佳
校　　對／胡靜佳・李宛蓁
美術編輯／金益健
行銷企畫／詹怡慧・陳禹伶
印務統籌／劉鳳剛・高榮祥
監　　印／高榮祥
排　　版／莊寶鈴
經 銷 商／叩應股份有限公司
郵撥帳號／18707239
法律顧問／圓神出版事業機構法律顧問　蕭雄淋律師
印　　刷／祥峰印刷廠
2020年6月　初版
2020年7月　4刷

定價 310 元　ISBN 978-986-133-719-7

這是什麼？充滿這世界、如此濃郁的東西是什麼？
這種生命感，生命的預感，就是人們稱爲「音樂」的東西，不是嗎？
突然有一股直覺。
聽慣的那個振翅聲是祝福世界的聲音，
是拚命蒐集生命光輝的聲音，也是努力經營人生的聲音。

——《蜜蜂與遠雷》

國家圖書館出版品預行編目資料

節慶與預感：【蜜蜂與遠雷・沒說完的故事】/ 恩田陸著；楊明綺譯. -- 初版. -- 臺北市：圓神, 2020.06

176面；14.8×20.8公分 --（小說緣廊；18）
譯自：祝祭と予感
ISBN 978-986-133-719-7（平裝）

861.57　　109004969